徳間文庫

紅の掟

矢月秀作

徳間書店

目次

プロローグ

奥多摩の山間《やまあい》、鬱蒼《うっそう》と茂った森の中に切り拓かれた場所がある。

周辺の集落からは隔絶されたその場所には、広大な敷地を持つ二階建ての洋館が建っていた。

徳丸岳人《がくと》と昌悟《しょうご》の兄弟は、ろくに舗装もされていない林道をＳＵＶで一時間以上走り、ようやく森の奥の館にたどり着いた。

「本当にこんな場所に館があったんだな」

ハンドルを握る昌悟が呟いた。

「衛星写真にも写っている。驚くことはない」

岳人はこともなげに答える。

森と同化したような大きな門の前に車を寄せ、停まった。

岳人と昌悟は窓を開け、顔を出した。木々の奥で赤いランプが点滅した。うっすらと見えるカメラのレンズが二人の顔を捉える。

赤いランプが緑色に変わった。門がゆっくりと開いていく。

門の奥は舗装道路になっていた。車は緩やかなカーブの坂を上がっていった。

洋館の玄関前のロータリーが見えた。玄関先に横付けする。

と、すぐにドアが開き、スーツを着た四人の男が出てきた。どの男も屈強な体つきで、目つきも鋭い。

四人は車の前後左右を囲った。

「エンジンを切れ」

運転席側の男が命令口調で言う。

「あ?」

昌悟は片眉を上げ、下から睨み上げた。

すると助手席の方から、岳人が男の顔を覗いた。

「すみません。弟は礼儀知らずなもので。すぐにエンジンを切らせます」

岳人はそう言い、肘で昌悟の二の腕をつついた。

昌悟は仏頂面でエンジンを切った。

「キーを渡せ」

「はいはい」

昌悟はポケットからスマートキーを出し、窓から差し出した。男がひったくるようにキーを取った。

「両手を上げて、降りてこい」

運転席側にいた男が言った。助手席側にいた男と共に運転席と助手席のドアを開く。

岳人と昌悟は両手を上げ、ゆっくりと車外に出た。男たちはすぐさま、身体検査を始めた。スマートフォンや財布、腕時計まで取られた。

「警戒しすぎじゃね？」

昌悟が冷笑を滲《にじ》ませる。

男たちは気にも留めず、頭頂から爪先までを丹念に調べた。

岳人はカジュアルな青いスーツを着ていた。内ポケットや腰回りなどを調べられている。

ベルトも外させられた。

昌悟は岳人とは違い、髪の毛は金髪でダメージジーンズを穿き、竜虎の柄を背負ったジージャンを着ていた。髑髏《どくろ》の装飾を施したレザーチェーンブレスレットや十字架のピアスなどが次々と外されていく。

「問題ありません」

助手席側で岳人を調べていた男が言った。

岳人は襟元を整え、さらさらの黒髪を指で梳《す》いた。

もう一人の男は、昌悟に外させた装飾品を袋に入れ、念入りに身体検査をした。三度、全身を調べ、ようやく頷いた。

「よし。ついてこい」

運転席側にいた男が昌悟と岳人を見て、フロントを回り込んだ。

フロント側にいた男にキーを渡し、玄関へ向かう。岳人と昌悟が男の後ろにつくと、その背後に二人の男がぴたりとついてきた。

背後から漂う殺気に、岳人と昌悟は顔を見合わせ苦笑した。

玄関の先は広いエントランスだった。天井からはシャンデリアがぶら下がり、それを回り込むように湾曲した階段が左右に延びている。一階にも斜めに延びる廊下が二本あるが、岳人たちはそのまま二階へ連れていかれた。

階段を上がると、直線の廊下が屋敷の奥に延びていた。赤い絨毯が奥まで敷かれている。左右にはいくつものドアがあった。

案内されるまま、奥へと歩く。左右のドアの奥からも殺気が漂う。ただならない空気にあてられ、岳人と昌悟の目つきも、自然と鋭くなる。

廊下の突き当たりのガラス戸を開ける。その先に小部屋があり、さらにその奥にもう一つの磨《す》りガラスの扉があった。

岳人たちの後ろにいた男たちが前に出た。観音開きのガラス扉を引き開く。

扉の奥は円形のダイニングルームとなっていた。銀の燭台が並ぶオーバル型のテーブルの中央に、白い髭を口元に蓄えた和装の老人がいた。

二人は老人の向かいのテーブルの端まで導かれた。

「徳丸岳人と昌悟です」

前を歩いた男が言う。

老人は目を細めて頷いた。

「おまえたちは下がっていい」

老人が言う。スーツの男たちは一礼し、下がって、ガラス扉を閉めた。

「長老、お目通りが叶って光栄です」

岳人が言った。

老人は頷いた。

「まあ、おかけなさい」

向かいの椅子を目で指す。

「失礼します」

岳人は軽く頭を下げ、椅子を引いた。昌悟も顎を突き出すように礼をし、岳人の隣の椅子に座る。

「食事は？」

老人が訊いた。

「済ませてまいりました。お気遣い痛み入ります。それと先日、私の三十歳の誕生日に過分なお祝いをいただき、まことにありがとうございました」

岳人が丁寧に礼を述べる。

「君は我が組織のホープだからな。グロックの一丁くらい、大したことはない。気に入ってもらえたかな？」

老人が言う。

「はい。とても扱いやすい銃です。が、私の本音を言えば、欲しいのはグロックではありません」

「なんだね？」

「レッドホークです」

岳人が老人をまっすぐ見つめた。

室内の空気がぴりっとする。

「その銃にはこだわるな」

「こだわらざるを得ないのです。いずれ私が長老の組織を引き継ぐためには」

「心配するな。まだ、君が引き継ぐまでには十年以上かかる。その頃には最良の形で渡せるよう、手配はしておくのでな。今は仕事に精進してほしい」

「私が引き継ぐまでに十年以上かかるという根拠は何なのでしょうか？」

岳人は抑揚を抑えた言葉で淡々と訊く。話すほどに、室内の緊張感が増してくる。

「物事には順序というものがある。君の実力は誰もが認めるところだ。その歳にして、二十名近くの精鋭を率いて仕事をこなしている様は見上げたものだ。だが、一方で、君たちの強引な仕事ぶりを憂慮している者もいる」

「誰です？」

岳人が軽く老人を睨む。

「誰でもいい。殺し屋の殺しには美学がある。ターゲット以外は殺さないという不文律だ」

「だけど、見られた時は殺すんじゃなかったでしたっけ？」

昌悟がぞんざいな口ぶりで言った。

「見られぬように仕事をすることが先だ」

老人は昌悟に目を向けた。小さな目の奥の眼光が鋭くなる。

「お言葉ですが、殺しに多少の犠牲は付きものではないでしょうか？」

岳人が言う。

「我々は無分別な殺戮者ではない。どうしても仕方なくターゲット以外の犠牲者を出すことはある。しかし、それは〝多少〟ではいかん。〝最少〟でなければ。君たちがその意味を十分に理解し、その信条に従って仕事ができれば、自《おの》ずとレッドホークの称号は手に入る。君たちにはその力がある。なので、今は精進してほしい」

老人は静かだが強い口調で語った。

「そうですか。長老のご意向はわかりました」

岳人は顔を少しうつむけた。さらさらの黒い前髪がふわりと揺れる。

老人は微笑んだ。

「が……」

岳人はやおら顔を上げた。

「あいにく、僕らは、そんな古い慣習に従うつもりはないんですよ」

片笑みを浮かべる。

ぞっとするような冷酷な視線を長老に向けた。

昌悟が立ち上がった。

テーブルに飛び乗ると、銀の燭台をつかんで宙を舞い、長老の背後に降り立った。わずか二、三秒のことだった。

背後のガラス扉が開いた。スーツの男たちが駆け込もうとする。

岳人は立ち上がり、背を向けたまま椅子を後方に蹴った。椅子が男たちの前に転がる。

男たちは一瞬、足を止めた。

その隙に飛び上がって、テーブルで前転をして乗り越え、長老と昌悟の後ろに立った。

男たちが銃を構えた。しかし、昌悟と岳人は長老の背後にぴたりと隠れ、撃てない。

「こんな真似をすると、君たちに未来はないぞ」

老人が落ち着いた様子で言う。

「伝説のレッドホークがある限り、僕たちに未来はない。違いますか、長老？」

岳人が言う。老人は肩越しに背後に目を向けた。

「あのレッドホークは二度と我々の前には現われない」

「断言できるということは、レッドホークのありかを知っているということですね？」

岳人はにやりとした。

昌悟の背中を指でつつく。昌悟は燭台のピンを老人の後頸部に突きつけた。その奥には神経が集積している場所がある。的確だ。

「教えていただけませんか？　僕たちがレッドホークを手に入れ、組織の頂点となれば、あなたを殺す必要もない。それが最も穏便な解決法だと思いますが」

「今の君たちにレッドホークを渡すつもりはない。また、このような暴挙に出た以上、君たちをここから出すつもりもない」

「そうですか。残念です」

岳人はため息をついた。

「殺《や》れ」

岳人が静かに言った。

昌悟は躊躇《ちゅうちょ》なく、ピンを後頸部に刺した。老人の小さな目がカッと見開く。瞬間、男たちの銃が一斉に火を噴いた。凄まじい銃声が轟《とどろ》き、硝煙で煙る。複数の銃弾が老人の肉体を貫いた。

昌悟と岳人は老人の背後に屈《かが》み、左右に分かれた。体勢を低くしたまま、テーブルを回り込む。

岳人と昌悟はテーブルの両端に潜り込んだ。目を見て頷き合い、呼吸を合わせてテーブルを持ち上げる。

重量のあるテーブルが浮いた。二人はそのままテーブルを男たちの方へ押し投げた。

テーブルは宙で回転しながら男たちに襲いかかった。

男たちが左右に散る。転がったテーブルがガラス扉を砕いた。けたたましい音を立てて砕けたガラス片が四散する。

男たちは二人の姿を捜した。

と、左にいた男二人の前に昌悟が現われた。昌悟は両手の指を男たちの目に当て、水平に振った。眼球が爪で擦《こす》られる。

男たちは一瞬にして視界を失った。昌悟は一人の男の右手を握った。男が持った銃をもう一人の男に向け、発砲する。

男の股間に銃弾が食い込んだ。両膝が崩れる。昌悟は間髪を容れず、崩れた男の眉間を射貫いた。頭蓋骨が砕け、血まみれの脳みそが飛び散る。

昌悟はすぐさま、右手を握っている男の口に銃口をねじ入れた。顔を横に倒し、引き金を引く。

弾丸は後頭部を貫いた。しぶいた鮮血が昌悟の顔を染める。

「たいしたことねえな」

昌悟は垂れてきた血を舌で舐めた。

岳人は目にも止まらぬ速さで、二人の男の顎先に左右のフックを叩き込んでいた。男たちは脳を揺らし、ふらつく。

岳人は一人の男のベルトを素早く引き抜き、首に巻いて両端を持った。背中を合わせ、前傾姿勢になる。男の踵《かかと》が浮き上がった。

男は目を剝いて呻《うめ》いた。もがくこともできない。

岳人は男を背負ったまま、もう一人の男の膝裏にローキックを放った。もう一人の男が頽《くずお》れる。

すぐさま、右脚を振り上げる。そして、脳天に重りを仕込んだ踵を落とした。

男が呻き、目を見開いた。頭頂部がくぼんでいる。男はそのまま前のめりになって、床に沈んだ。

岳人は両足を踏ん張り、ベルトを強く握り絞った。男はさらに目を剝いた。ごくっ……と鈍い音がする。首の骨が折れた音だ。

背に乗せた男の体から力が抜け、ずしりと重みがかかってきた。岳人は起き上がった。背中から男がずり落ちる。

床に転がった男は白目を剝いて絶命していた。

息をついて、落ちた銃を拾う。

昌悟が駆け寄ってきた。両手には岳人と同じく、銃を握っていた。

「兄貴、こいつらたいしたことねえよな」

「油断するな。来るぞ」

騒ぎを聞きつけ、複数の足音が離れのダイニングに駆け寄ってきていた。

「部下の到着は？」

「あと五分くらいだな」

「よし。しのぐぞ」

岳人と昌悟は、両手の銃を廊下に向けた。

第1章

1

工藤雅彦は、伊豆の小さな港町の水産加工場にいた。倉庫内で干物が箱詰めされた段ボールを一つ一つ確かめ、出荷用のトラックに積んでいく作業だ。

工藤が伊豆に来てこの仕事を始めて、もう二年半になる。川瀬亜香里《あかり》も、工藤と同じ会社で、魚を捌《さば》く作業をしていた。

工藤が黙々と作業をしていると、スーツ姿の壮年男性が近づいてきた。

「工藤君」

「お疲れさんです」

頭を下げる。

この水産加工場の社長だった。

「ちょっといいかな?」

「まだ、作業が残っていますが」

「それは他に任せて」

「わかりました。すみませんが、よろしくお願いします」

工藤は近くにいた男性従業員にそう声をかけ、社長についていった。歩きながら軍手を外し、作業着の横ポケットに入れる。

社長は倉庫を出て、建物の右手にある事務所へ入っていった。中では、社長の奥さんと事務の女性社員が二名、仕事をしていた。

社長はそのまま応接室へ向かった。工藤は女性社員と奥さんに会釈をし、社長に続いた。

社長が先に応接室へ入る。工藤も一礼して中へ入った。社長は奥のソファーに座った。

「まあ、座って」

「失礼します」

工藤は向かいの二人掛けソファーの左側に浅く腰かけた。

「なんでしょうか?」

工藤が訊いた。

「君と奥さんがうちに来てくれて、そろそろ二年半になるね」

「はい」

工藤が頷く。

工藤と亜香里は結婚していないが、表向きには〝夫婦〟を装っていた。

「今後のことなんだが――」

「ああ、そうですね」

工藤は微笑んだ。

工藤と亜香里は非正規社員として雇われている。非正規社員を五年を超えて同じ職場で働かせるには、会社側が正社員として採用するか、無期限で雇用する必要がある。

「契約期間は目一杯働かせていただきます。その後のことは、また二人で考えますので」

工藤は当たり前のように言った。

小暮との因縁に決着をつけたのは五年前。その後、三浦半島の海沿いの町に移り住み、今の会社とは別の水産加工場で仕事をしていたが、二年が過ぎた頃、会社の人事担当者からやんわりと雇用期限の話をされた。

その会社は、二人を無期限雇用するつもりはなかった。

水産業はどこも厳しい。漁獲割り当ては減らされ、各国の水産資源の争奪競争も激化している。加えて、気候の温暖化で漁獲量自体が落ちている。

一般家庭の魚離れも、水産業者の側から見れば深刻だった。家庭では魚を捌くのは大変だし、生ごみの処理も面倒だ。

さらに、漁獲高が減ったことで魚自体の値段も高騰している。かつては大衆魚だったサンマも今や高級魚だ。

水産業は複合的な困難に見舞われ、疲弊していた。当然ながら、従業員に払える給与も少なくなる。

しかし、水産加工は手間のかかる仕事だ。魚の捌きから骨抜きなど、機械ではできない仕事も多い。

それだけに人手はいるが、空前の売り手市場である現在、手間のわりに給与の安い加工場には人は集まらない。

技能実習生のような海外の安い労働力も、今は世界中で取り合いになっていて、日本の水産加工場へ働きに来てくれる人は多くなかった。

そういう業界状況だから、逆に言えば、工藤たちが望めば、全国の水産加工場に働き口はいくらでもある。

工藤と亜香里にとって、場所はどこでもいい。小暮との最終的な戦いを前に交わした

〝海沿いの町で暮らす〟という約束を果たし続けられるなら、北でも南でもどこへでも行くつもりだった。

「契約打ち切りの期限が来れば言ってください。よろしくお願いします」

そう言い、工藤は席を立とうとした。

と、社長が止めた。

「いや、待ってくれ。そうじゃなくてね。君たち、うちの社員にならないか?」

「えっ?」

工藤は腰を浮かせたまま、一瞬動きを止めた。

「君たちの働きぶりは、うちの妻も認めるところだ。若いのに、ほんと熱心に仕事をしてくれている。仕事の出来はもちろん、周りとの関係もいいし、何より仕事内容の全体を把握する早さと勘の良さには、私も感心しきりだ。この会社は高齢化が進んでいる。私たち夫婦には子供もいない。ゆくゆくは、君たちに跡を継いでもらいたいとも考えているんだがね」

社長が微笑む。

思いがけない申し出だった。

そこまで評価してくれたことには、素直に感謝する。しかし……。

工藤は座り直したが、返答に窮し、うつむいた。

「まあ、まだ時間はある。君たちにとっても、人生を左右する話だから、ゆっくり考えてもらえんかね？」

「わかりました」

工藤はそう返事するしかなかった。

2

亜香里が仕事を終え、他の女性従業員と共に加工場から出てきた。

正門前で工藤が待っていた。亜香里は工藤を認め、微笑んで手を上げた。工藤が手を上げ返す。

と、右横にいた小太りのおばさんが肘で亜香里の腕をつついた。

「いいねえ、若い人たちは。うらやましいわ、あんなかっこいい旦那さんが毎日待っててくれるなんて」

すると、その横にいた天然パーマのおばさんも続いた。

「ほんと。うちのダンナなんて、腹出るわ、髪も抜けるわで、若い頃の面影もないもんねえ。詐欺だわ、詐欺。でも、亜香里ちゃんのダンナさんはそんなことなさそうね」

「あたしもやり直そうかねえ」

大柄のおばさんが言うと、おばさんたちは大声で笑った。

亜香里は合わせて苦笑した。

「ほら、いっといで」

小太りのおばさんが再び肘でつつく。

「はい。おつかれさまでした」

亜香里は一礼し、工藤の下に駆け寄った。

工藤もおばさんたちに遠くから一礼し、亜香里と並んで歩きだした。

「何を話してたんだ?」

「おばちゃんトークよ」

亜香里がくすりと笑う。

二人は加工場から徒歩十分の古いアパートで暮らしていた。

六部屋ある二階建てのアパートだ。壁は薄く、隣の物音も聞こえてくるようなところだが、工藤たちには都合がいい。

工藤と亜香里は、小暮の一件から五年経つものの、いまだに気を抜いたことはない。

小暮は当時、最も次の〝紅い鷹〟に近い人物だった。紅い鷹の称号を得れば、全国の殺し屋組織を束ねることができる。

その小暮を、本物の〝伝説のレッドホーク〟で倒した工藤の話は、裏業界で一日も経たずに広まった。

当然、小暮に心酔していた者や、新たに〝紅い鷹〟の称号を狙う者たちの的となっている。

工藤は亜香里との静かな暮らしを得るために、レッドホークを手放すことも考えた。

だが、父が遺した本物の称号が小暮のような男の手に渡れば、無分別な殺戮が行なわれないとも限らない。

小暮を倒し、本物の銃を手にした者の責任として、無法地帯をこの国に存在させるわけにはいかない。

亜香里もそのことは承知していた。工藤と家庭を築く夢はあるが、そのことを口にしたことはない。

「今日、社長に呼ばれたんだって？」

亜香里が訊いた。

「早いな」

「おばちゃんたちのネットワークはすごいからね。何だったの？　契約終了の話？」

　亜香里が言う。

「それだったら、いつものことだからよかったんだけどさ。逆だよ」

「どういうこと？」

「僕と亜香里に、社員になってほしいと。で、ゆくゆくは加工場を継いでほしいんだと」

「本当に？」

「本気のようだったな」

　工藤は社長の様子を思い出し、答えた。

「なぜ、私たちなんだろう」

「一番は、若いからだろうな。若いといっても、僕ももうアラフォーなんだけど、他の人たちに比べたらね」

「そうだね」

　亜香里は周りのおばさんたちを思い浮かべ、微笑んだ。

「それと、やっぱり働き手を失いたくないというのもあるんだろうね」

「ありがたい話だね」

「うん、ありがたいけど……」

工藤は上着の上から腰に手を当てた。ベルトに通したホルスターに差しているレッドホークを軽く握る。

「……そうだね」

亜香里は顔をうつむけ、淋し気な笑みを滲ませた。

「亜香里はどうしたい？」

「選択肢があるなら……一つ所に落ち着くのもいいかなと思うけど」

「考えてみるか？」

「えっ」

亜香里は立ち止まって、工藤の顔を見つめた。工藤も亜香里を見つめ返す。

「伊豆に来てから、毎日考えていたんだ。レッドホークを他の者に渡すわけにはいかない。けど、そのためにいつまで逃げ回ればいいのか。せっかく、すべての因縁を終わらせたのに、僕も亜香里も、自分たちの人生を生きられない。それでは意味がないんじゃないかと」

「でも……定めもある」

「僕らは、その宿命に抗《あらが》ったのかな？」

「抗ったから、今があるんじゃない？」

「いや、まだできることが……いや、しなくちゃならないことがあると思うんだ。僕たちの本当の人生を取り戻すために」

「……私の本当の人生って、なんなんだろう」

「それはこれから、見つければいい。もちろん、一緒に」

工藤はまっすぐ亜香里を見つめた。

「私、一緒でいいの？　私はあなたのお母さんをこの手で殺《あや》めようと――」

「それもまた抗うべき運命。乗り越えよう、二人で」

工藤は亜香里の頭を撫でた。

亜香里の涙袋が膨らむ。

「何か食べて帰ろうか」

「そうだね」

亜香里はにじんだ涙を指の背で拭って微笑み、工藤と共に歩きだした。

「亜香里。近いうちに、長老と会ってくるよ」

「どうやって？」

亜香里の顔が強ばる。

「神城《かみしろ》さんたちが知っているだろ？　長老と話を付けて、レッドホークを長老に渡せば、うまく収めてくれるんじゃないかと思うんだ」

「長老は得体のしれない人よ」

　亜香里の表情が曇る。

「だとしても、伝説の称号を渡して、この世界から完全に身を退く者を追ったりはしないだろう。本物のレッドホークを知る数少ない人なんだから。ともかく、動いてみるよ。僕と亜香里のために」

「……わかった。私も協力する」

「頼むな」

　亜香里の肩を抱く。亜香里は工藤の胸元に身を寄せた。

　が、すぐに工藤と亜香里の顔が険しくなった。背後に殺気を感じる。工藤は上着の隙間から腰に手を回そうとした。

「衰えていないな、二人とも」

　声を聞き、振り返った。

「神城さん」

　工藤が笑みを浮かべた。亜香里の顔も和らぐ。

　サングラスをかけた体格のいい男が立っていた。笑顔を向け、二人に歩み寄る。

「ご無沙汰してます」

工藤が頭を下げ、訊いた。

「眼帯はやめたんですか?」

「眼帯だと怪しまれるからな。サングラスの方がまだマシだろう」

「結構、怪しいですけど」

亜香里が言い、くすっと笑う。

「でも、どうしてここが?」

亜香里が訊いた。

「そりゃ、俺たちのネットワークがあれば、おまえらの居所ぐらい半日でわかる」

「そうですよね」

工藤は複雑な表情を浮かべた。が、すぐに笑顔を作り、神城を見た。

「でも、ちょうどよかった。神城さんに会いに行こうと思っていたんですよ」

「それは光栄だな。何か用事があったのか?」

「はい。実は、長老にレッドホークを渡して、僕と亜香里は完全にこの世界から身を退こうと思っているんです。で、その仲介を神城さんにお願いできればと思いまして」

工藤は自分の考えを口にした。

途端、神城の顔が曇った。

「俺も、長老の件でおまえらを捜して、ここへ来た」

「どういうことですか?」

工藤と亜香里が真顔になる。

「長老が殺された」

神城は重い口調で言った。

工藤は驚き、眉間に皺を寄せた。

3

翌日、工藤は神城が運転する車の助手席に乗っていた。神城と共に東京へ向かっている。相談役会議に出席するためだ。

長老が仕切っていた組織には、外部に〝相談役〟と言われるご意見番がいた。全部で五名。政財界の重鎮が名を連ねている。

亜香里にも休みを取らせるつもりだった。

工藤が相談役会議に出るということは、当然、殺し屋仲間の間に広まっていると考えるのが妥当だ。

これまで雲隠れしていたレッドホークの持ち主が表に姿を現わすことになる。そこを狙ってくる輩《やから》がいないとも限らない。

神城は亜香里に、工藤が相談役会議を終え、無事に帰宅するまで、身を隠すよう言った。が、亜香里は拒否をした。

同時に休めば、水産加工場にも迷惑をかけるし、いらぬ詮索の元となりかねない。レッドホークを手放す話がまとまれば、この地に根を張ってもいいと思っている中、余計なトラブルの種は増やしたくない。

亜香里はそう言い、いつも通り出社した。

神城は仕方なく、横浜から石黒と部下数名を呼び寄せ、亜香里の警護に当たらせた。

「亜香里は大丈夫でしょうか？」

工藤が不安を口にする。

神城はちらっと横目で工藤を見た。

「心配ない。おまえたちが働いている水産加工場内に同業者がいないことは確認した。石黒以下、うちの精鋭を護衛に付けている。何より、川瀬自身の勘は鈍っていないから、急襲されてもしのげる」

力強く言い、前方に目を向けた。

「ですが、長老を殺した徳丸という兄弟は、長老の屋敷で事を遂行したんでしょう？　その後のことは聞いていませんが、神城さんの口から、彼らが処分されたという言葉は出ていない。ということは、彼らは逃げ果《おお》せたということですよね。長老の屋敷の警備は最高水準のはず。多少の油断と慢心があったにしても、そこで長老を殺し、脱出するというのは相当の腕です」

「状況分析が的確だな。その通り、徳丸兄弟が仕切る組織は、近年では最強だな」

神城の表情が険しくなる。

「とはいえ、今は大丈夫だ」

「なぜです？」

「俺のつかんだ情報では、やつらもさすがに無傷とはいかず、屋敷に侵入してきたやつらの仲間の半数は殺され、徳丸兄弟を含め負傷した者も多いそうだ。徳丸の兄、徳丸岳人は頭のいい男だ。今、強引に動けば、組織崩壊を招きかねないことくらい、判断は付くだろう」

「徳丸兄弟というのは、どういう殺しをしていたんですか？」

「どうもこうもない。ターゲットを複数名で囲んで刺したり撃ったりして殺す。人が見ていようが、一般人に犠牲が出ようがおかまいなし。スマートな殺しとは程遠い、殺戮者の集団だ」

「徳丸の兄というのは、どういう人物ですか？」

「ヤツは細面で頭が良く、一見、殺し屋には見えない。若手起業家のような風体だ。そういやあ、おまえに似てるな」

神城は少し笑みを覗かせる。

「元々は長老が直轄する組織の構成員として、弟の昌悟と活動していた。弟はガタイも良くて力も強いからか、鉈《なた》やサバイバルナイフを使ったり、素手で首を絞めたり殴り殺したりするのが好きな荒くれ者だ。が、岳人は正反対で、サプレッサー付きの銃や細いナイフ、毒物などを使い、静かに殺すことを好んだ。腕も良い。特に、銃の扱いは組織の中でもトップクラスだ」

神城はサングラスの奥から、前をじっと見つめ、彼らの仕事ぶりを思い出しながら話す。

「徳丸兄弟は、わずか一年で独立し、自分たちの組織を作った。長老は、次世代後継者の一人として、彼らを育てるべく、仕事を回した。彼らは次々と舞い込む仕事を処理するために仲間を増やした。当初は、美学に基づいて殺しを行なっていたが、岳人と昌悟が別々に仕事をするようになると、問題が起こるようになってきた」

「弟の昌悟が、無茶な殺しを始めたということですか？」

「端的に言えば、そういうことだな。昌悟は元々、気質が荒い。岳人は殺しを〝仕事〟としてこなすが、昌悟は半分〝遊び〟だと思っているところがある。当然、組織としては放っておけない。長老は、ある中堅組織のボスに、彼らの組織と合併して、一から組織を作り直すよう依頼をした。しかし、そこでも問題が起こった」

「反発したんですか？」

「単なる反発ならよかったが、やつらは――」

神城がハンドルを握り締めた。

「ボスを殺し、相手の組織を乗っ取ってしまったんだ」

工藤の表情が強ばる。

「もちろん、乗っ取られた側に所属していた殺し屋の中には、徳丸兄弟の下に付くことを是としない者もいた。しかし、彼らは抜けることを許さなかった。抜けようとした者、逆らった者はすべて殺した。時も場所も関係なく、な」

「なんだ、それ……」

工藤は両手の拳を握り、手元を睨んだ。

「長老は組織を潰そうと、手持ちの殺し屋を送り込んだが、いずれも失敗に終わった。おそらくだが、情報が漏れていたんだろうな」

「長老の組織の中に、徳丸兄弟の子飼いがいたということですか？」

「確証はないが、たぶんそうだろう。今度の長老殺しも、協力者がいると考えれば、まだ納得もいく」

神城は前方を睨んだ。

東名高速道路から首都高速3号渋谷線に入っていく。

「徳丸兄弟のことはわかりました。それで、相談役は僕に何をさせようというのですか？もし、内通者を炙《あぶ》り出したり、徳丸兄弟の組織を壊滅させたりという仕事をさせるつもりなら、僕は断わりますよ」

工藤ははっきりと言った。

「その話は、会議場に着いてからだ」

神城はそう言い、アクセルを踏んだ。

4

徳丸岳人は、東雲《しののめ》のタワーマンションにいた。最上階が岳人の住まいだ。

東京湾を一望できる寝室のベッドに、岳人は横たわっていた。

バスローブを羽織っている。その下の肉体には包帯が巻かれていた。

別の寝室では、昌悟が主治医の治療を受けている。

長老を殺した日、後から入ってきた仲間たちと共に、屋敷から脱出すべく、壮絶な戦いを繰り広げた。

銃弾や刃物が飛び交い、あちこちで肉弾戦も起こっていた。

長老の護衛をしていた者たちは、想像以上に強かった。

屋敷に突入した仲間の半数が殺られ、命からがら脱出した者たちも、多くが傷ついた。

昌悟は胸に被弾し、生死を彷徨《さまよ》った。しかし、なんとか一命を取り留め、今は何本もの管を付けられているが回復に向かっている。

岳人自身も、左腕を撃たれ、腹部や大腿部もナイフで切られた。体のいたるところに打撲の痕もある。

それでもなんとか脱出し、隠しアジトとして購入しておいた東雲のタワーマンションまで逃げてきた。

長老なき今が、組織を掌握するチャンスでもある。しかし、体が動かず、歯がゆい思いをしていた。

ドアがノックされた。

「入るね」

女性の声がする。返事を待たず、ドアが開いた。長身でスレンダーな女性が現われた。

彼女は夏海《なつみ》カレンという。岳人の秘書であり、恋人でもある。そして、優秀な殺し屋でもあった。

カレンは茶色く長いストレートヘアをなびかせ、ベッドサイドに近づいてきた。

「具合、どう?」

切れ長の瞳を岳人に向ける。

「問題ない」

「そう。なら、よかった」

カレンはベッドサイドに浅く座り、手を突いて上体を傾けた。

顔を近づけ、指で垂れてくる髪を耳にかけ、寝ている岳人の唇に軽くキスをした。上体を起こして岳人を見つめ、微笑む。

「確かに問題なさそうね。じゃあ、仕事の話。さっき鳩から情報が入ってきたんだけど」

「なんだ?」

「今、霞が関で相談役会議が開かれているそうよ」

カレンが言う。

岳人が起き上がった。体に痛みが走り、少し相貌を歪める。

カレンは大きな枕を引き寄せ、ベッドのヘッドボードに立てた。二の腕をそっと握り、もたれさせる。

「しかも、ここからが重要」

カレンはまっすぐ、岳人を見つめた。

「神城が動いた」

「現われたのか、工藤が？」

「わからない。途中までは尾行させてたんだけど、見事にまかれた」

カレンは両肩を上げ、首を振った。

「さらに、昨晩のうちに石黒もいなくなってる。横浜のジムは、今日は臨時休業になってるわ」

「工藤が動いているのは間違いなさそうだな」

岳人は奥歯を嚙み、宙を睨んだ。

「昌悟は？」

「まだ、無理」

「動けそうな仲間は？」

「今のところ、五、六人といったところかしら。相当やられたから。それに、出入りするところを襲おうとしても無理。周辺一キロ圏内を同業者が固めてる。私たちの仲間がうろうろしていたら、その場で消されるわね。狙撃はレミントンクラスならいけそうだから、狙ってみる？」

「いや……」

岳人はじっと宙を見据えた。

「……工藤がその状況で死ねば、レッドホークは手に入らないだろうな。カレン、鳩に工藤の写真を撮れと伝えろ」

「それだけでいいの？」

「それでいい。それ以上、余計なことはさせるな。工藤の現在の容姿がわかれば、いくらでも捜すことはできる」

「OK。他には？」

「神城の仲間を誰か捕まえてこい。誰でもいい。頼めるか？」

岳人はカレンを見た。

「ノープロブレム」

カレンはにこりとして立ち上がり、腰を揺らめかせながら部屋を出た。

岳人はカレンを見送り、眼下できらめく東京湾に目を向けた。

5

工藤はいったん、首都高の待避所で神城から降ろされた。

突っ立っていると、すぐに黒塗りのハイヤーが現われた。中にいたスーツの男性に乗るよう命じられ、工藤はハイヤーに乗り込んだ。

そのままハイヤーは何事もなく走り出した。

工藤に声を掛けた男は、その後、車中では一言も発することはなかった。

工藤もなんとなく話しかける雰囲気ではなく、押し黙っていた。

ハイヤーは霞が関インターで首都高を降りた。官庁街に向かう。

そして、ハイヤーは警視庁の裏にある国家公安委員会の敷地へ入っていった。

「えっ」

工藤は驚き、思わず声を漏らした。

そのまま地下の駐車場に入り、奥で停まる。

「降りろ」

男が命じた。

工藤は言われるまま、車を降りた。男も車外に出る。

「こっちだ」

男に呼ばれた。

工藤は男に導かれるまま、駐車場からエレベーターに乗り込んだ。

エレベーターにはボタンが三つしかなかった。男はポケットからＩＤカードを出した。工藤には見えないように手のひらで覆って隠し、リーダーにかざす。ボタンが押せるようになり、男は一番上のボタンを押した。エレベーターが滑るように昇りだした。

エレベーターが止まり、ドアが開く。深紅のカーペットが敷かれた一直線の廊下が奥へと延びる。

エレベーターを降りる。しんとしていた。足音までカーペットに吸い込まれ、呼吸音が聞こえるほど静かだ。

男は中程まで進み、廊下の壁に一体となったような木製扉の前で立ち止まった。再び、ＩＤカードをリーダーにかざす。

扉が開いた。中へ入る。その奥にもう一枚ドアがあり、手前の部屋には机があって、女性秘書がいた。

「工藤雅彦を連れてきた」

男が女性秘書に言う。

「少々お待ちを」

女性秘書は受話器を取り、小声で工藤の来訪を告げた。と、すぐさま奥のドアが開き、黒いスーツを着た男が出てきた。

「入れ」

工藤を見て、命じる。

工藤は引率した男に背を押され、内ドアに近づいた。男がドアを大きく開く。中を覗く。半円形のテーブルに恰幅のいい紳士や和服を着た老人が座っていた。テーブルの前に、彼らと対面するように一人掛けのソファーが置かれている。

工藤は中の男に導かれ、一人掛けソファーに座った。男が出て行き、ドアを閉める。

雰囲気をまとった男たちの視線が、一斉に工藤に集まる。

工藤はその圧に耐えきれず、うつむいた。

「工藤雅彦君だね？」

真ん中にいる白髪の紳士が声をかけた。

「あ、はい」

工藤はびくっとして顔を上げた。

「リラックスしなさい」

白髪の紳士は笑顔を向けた。

工藤はぎこちない笑顔を作り、返した。

「私は大谷英一。長老の組織の相談役を引き受けて七年になる。大手商社〈ヨシツル〉の代表取締役社長を務めた。よろしく」

白髪の紳士は言った。

ヨシツルは世界的な商社だ。日本経済界への影響力も強い。相談役は各界の重鎮が務めていると言っていたが、工藤の想像を超えていた。

「私の右手から紹介していこう。君から向かって左端にいるのが――」

大谷が紹介を始めた。

向かって左端にいる小太りの壮年男性は、仁部《にべ》章造。日銀出身で、長年、歴代総裁の裏方として働いていたそうだ。

その隣の和服姿の小柄な老人は、黒須忠宏と言った。背もほんのりと曲がり、朴訥《ぼくとつ》とした雰囲気のある好々爺《こうこうや》だが、大谷の説明によると、名うての選挙屋だったそうだ。黒須が関わった選挙で当選した者の中には、歴代総理大臣も多いという。

向かって大谷の右隣にいる梶木政志は、大手海運会社の総務部を長年取り仕切った人らしい。大柄で威圧的な眼光は、海の男たちと渡り合った迫力を滲ませる。

一番右端にいたのは、桃田禄郎という男だった。薄くなった頭髪を短く刈り込み、細身で、顔はキツネのようだ。一見、他の人たちと比べると貫禄が劣るように見えるが、工藤は桃田に最も神経を尖らせた。

同じニオイがする。

「桃田君は、長老の直轄組織で長年腕を揮《ふる》ってきたプロフェッショナルだ。長老の組織を最も把握している人物でもある」

大谷が言うと、桃田は会釈した。工藤も返す。

「以上が相談役全員だ。他にも各界にアドバイザーはいるが、それは追々紹介しよう。わかっているとは思うが、ここで見聞きしたことは他言無用。少しでも漏れた場合、真偽にかかわらず、知る者を処分することとなる。心しておいてほしい」

「一つ、お伺いしたいのですが」

「なんでも訊きなさい」

大谷が言う。

「殺し屋組織の相談役の会議が、なぜ公安委員会のビル内で行なわれているんですか？」

ストレートに疑問を口にした。相談役の面々から笑みがこぼれる。

「詳細は言えない。ただ、この世の中、表裏一体ということだよ」

大谷は含みを持たせた。

それ以上、訊いてはいけない……と、工藤の胸の内が囁いた。

「さて。では、本題に移ろう。まず、君が本物の工藤雅彦君だと証明してもらいたい」

「えっ、どうやって……」

工藤は戸惑った。

「レッドホークだ」

桃田が低い声で言った。

「持ってきたね？」

大谷が工藤を見る。

「持っていますが、これが本物とわかる方がいらっしゃるんでしょうか？」

「私はかつて、長老と共に本物を見たことがある」

黒須が言った。

「黒須さんに見せなさい」

大谷が促す。

工藤は席を立って、黒須の前に近づいた。ホルスターから銃を抜いて、黒須の前に置く。

黒須は手に取り、銃の隅々を見回した。

「本物じゃ」

深く頷く。

「みなさんに見せてもよろしいかな?」

黒須が工藤に訊く。

「どうぞ」

工藤は首肯した。

それぞれの手にレッドホークが渡る。誰もが細かいところまで確かめ、納得したように頷く。

工藤には、何を見て本物だと認識しているのか、わからなかった。

銃が桃田に渡った。桃田は握っただけで頷いた。そして、銃を構え、銃口を工藤に向けた。

工藤はとっさに地面を蹴り、椅子ごと後ろに倒れた。転がって上体を起こすと、屈んだまま倒した椅子の後ろに身を隠した。

「構えただけだ」

桃田が言う。

工藤は気配を探った。殺気はない。

「桃田君、工藤君に銃を返してくれ」

大谷が桃田を見る。

桃田は立ち上がり、テーブルを回り込んで、工藤に近づいた。工藤はホルスターの端に仕込んだ針に指をかけた。

工藤の上に影が被った。驚いて顔を上げる。桃田が工藤のすぐ脇まで来ていた。気配に注意していたにもかかわらず、桃田は悟られることなく、工藤を殺せる距離にまで近づいていた。

「殺気立つと勘を失う。常に冷静であれ」

桃田は銃身を持ち、銃把を工藤に向けた。

工藤は立ち上がって、銃を受け取った。ホルスターに銃を収め、椅子を戻して座り直す。

「君が工藤雅彦君であることは、本物のレッドホークが証明した。ここからは、伝説の銃を所有する者として聞いてほしい」

大谷は工藤を見つめた。工藤は緊張のあまり、生唾を飲んだ。

「我々は、長老からこう言われていた。自分に万が一の事態が降りかかり、期せずして失命した際は、伝説の銃を持つ者に全権を委譲する、と。つまり、君は現時点で、長老が率いていた組織の後継者ということになる」

「そんな……僕にそんな大役は務まりません。それどころか、僕はレッドホークを長老に戻し、この世界から完全に身を退くつもりだったんです」

「君の気持ちは察するが、すでに長老はこの世を去った。我々としては、長老の遺言に従って、粛々と手続きを進めるより他はない」

「レッドホークは、みなさんに返します。好きにしてください」

工藤はホルスターに手を伸ばした。

「そういうわけにはいかんのだよ。組織のトップが倒れた時、その銃を持つ者が陣頭指揮を執るというのが、我々の組織の掟だ」

黒須が言う。梶木が話を受けた。

「そうだ。海外でも、日本の組織はそれでまとまっていると認識されている。もし、レッドホークに意味がないとなると、海外勢が俺らの仕事を狙って流入し、日本は混沌とした状況に陥る」

さらに、仁部が続ける。

「そうなるとですね。裏経済は混乱を来し、やがてそれは表の経済へと波及して、日本経済そのものが破綻するんですよ。あなた一人のわがままが日本を潰す。それでいいんですか？」

上目遣いにじとっと工藤を見た。

「そんなことは僕の与《あずか》り知るところじゃありません。僕は殺し屋になる前の平穏な暮らしを取り戻したいだけです」

工藤は仁部を見返した。

「小暮は、こんな小粒極まりない男に殺されたのか……」

桃田が漏らした。

工藤はつい、桃田を睨んだ。

「レッドホークを持っているという責任感も覚悟もなく、ただ自分の宿命から逃げ回っているだけの男に」

「あなたに何がわかるんですか！」

ついつい声が大きくなった。

「僕は殺し屋なんかになりたくなかった。父は確かに伝説の殺し屋だったのかもしれない。

でも、それだけで小暮に嵌《は》められ、殺し屋に仕立て上げられ、自分や周りの人たちを守るために小暮を倒したら、稀代の殺し屋のように言われ――。もう、たくさんだ！」

工藤はレッドホークを引き抜いた。

テーブルに歩み寄り、大谷の前にレッドホークを置く。

「どうぞ、みなさんで、この銃をどうとでも扱ってください。僕はこんなものに振り回されて一生を終える気はありません。引退宣言が必要なら、適当に出しておいてください。そして、二度と僕や僕の周りには関わらないでください。もし、僕たちに刺客を向けた時は、僕は守るために戦いますよ。全力で」

工藤は全員を睥睨《へいげい》した。一瞬だが、工藤の体から殺気が沸き立つ。その殺気に、相談役たちは顔を強ばらせた。

「失礼します」

工藤は深々と頭を下げ、勝手に背を向け、部屋を出た。

ドアが閉まる。張り詰めた空気が、ふっと弛《ゆる》む。

「いやあ、すごいですな、彼の殺気は」

仁部が引きつりながら笑みを浮かべた。

「俺もぞっとしたよ」

梶木が額に滲んだ汗を、大きな手のひらで拭った。

「桃田君、どうでした？」

黒須が桃田に目を向ける。

「まだまだ荒削りではありますが、本物です。一瞬で相手を制する殺気を放てる者は、我々の中にもそうはいません」

桃田はドアを睨んだ。

「でしょう、でしょう。長老の若き日の姿を見たようでしたよ」

黒須は満足げに微笑み、頷いた。

「しかし、どうするんですか、大谷さん。あの雰囲気では、彼が組織を仕切ることはないと思いますが」

仁部が大谷を見た。

大谷は卓上ホンのボタンを押した。

「神城君を呼んでくれ」

女性秘書に伝える。少しして、ドアが開いた。女性秘書が別室にいた神城を連れてきて、中へ通す。

神城はドア脇で一礼し、中へ入った。工藤が座っていた椅子の脇に立ち、大谷を見やる。

「神城君、見ていたかな?」

「はい、別室のモニターで」

神城が頷く。

先に到着した神城が通された同じフロアの小会議室には、モニターが用意されていた。そこで神城は一部始終を見聞きしていた。

「彼を戻すことはできるかね?」

大谷が訊いた。

「正直、あいつもなかなか頑固なので骨は折れると思いますが、組織のためですから、やってみます」

「頼む。彼にこのような形で後継を放棄されると、それこそ徳丸君らの思惑通りに事が進んでしまう。それは避けたい」

「私もです。大谷さん、一つお願いがあるのですが」

「なんだね?」

「工藤が抜けようと抜けまいと、徳丸兄弟は一度伝説の称号を得た彼を狙ってくると思います。私も警護はしますが、組織本体からも護衛を出してくれると心強いんですが」

「わかった。桃田君、お願いできますか?」

「承知しました」

桃田が頷く。

「それとそのレッドホークですが、私に預けていただけませんか？　工藤に届けますので」

「大丈夫ですか？」

仁部がじとっと神城を見やる。

「私も一線で仕事をしてきた人間です。死んでも、銃は取られません。それよりも、それは持つべき者が持っていなければならない。相談役のみなさんが、工藤の引退と銃の放棄を認め、今後の方針はみなさんで決めるというのであれば、その限りではありませんが。しかし、そうなれば、レッドホークの在処《ありか》を巡って、再び、血で血を洗う内部抗争が起こるでしょう。工藤の父親が幕を引いた時のように。そうした事態に及べば、相談役のみなさんをお守りできる保証はありません。少なくとも、工藤がその銃を持っていれば、的は絞れるので、みなさんがとばっちりを受けることもないでしょうし、迎撃もしやすいのです」

「私も神城君の意見に賛成です」

桃田が口を開いた。

「的をハッキリさせる方が、敵も発見しやすい。工藤君には申し訳ないが、彼にはこの事態を収めるための餌になってもらいましょう」

非情に言い切る。

「それしかないようですな」

黒須は微笑みながら頷いた。

「神城君が工藤君に銃を届けるまで、またその後の護衛は、私が組織します。神城君も我々と行動を共にしてもらいたい」

桃田が神城に目を向けた。

「桃田さんに付いていていただければ、なんとも心強い。ありがとうございます」

神城は頭を下げた。

「何にしても、急いでくれよ。海外にまで長老が死んだという話は渡っていて、俺らも外国での仕事がやりにくくなっているんだ」

梶木が言った。

「急ぎます」

神城は短く答えた。

「では、さっそく編成しますので、私はこれで。すぐに戻ってきますので、みなさんはそのまま待っていてください」

桃田は立ち上がって、神城を連れ、部屋を出た。

「うまくいくといいですな」

黒須が呟く。

「これはどうするんです？」

仁部がテーブルの上のレッドホークに目を向ける。

「桃田が戻ってくるまで、ここに置いておくしかないだろう」

梶木は腕を組んだ。

「今、攻められたら、私らみんな、終わりですね」

仁部がカラ笑いをする。

が、その言葉で全員が現状に気づき、青くなった。

大谷たちは祈るように、閉まったドアに目を向けた。

第2章

1

「置いてきたの！」

亜香里は驚いて、テーブル越しに身を乗り出した。

「ああ。もう付き合っていられないから」

工藤はさらりと言い、亜香里の出したコーヒーを少し飲んだ。

相談役たちとの会合場所を飛び出した工藤は、その足で帰宅していた。

石黒とも久しぶりに会ったが、挨拶もそこそこに、亜香里と自分の警護を断わった。

とはいえ、石黒も気になっているのだろう。工藤たちのアパートの周りにはまだ、気配が漂っている。そこに石黒たちがいるということだった。

工藤は戻ってすぐ、居間でテーブルを挟み、亜香里に事の顚末《てんまつ》を話して聞かせた。

「ろくでもない人の手に渡ったら、どうするの！」

「関係ない。僕はもう、組織とは縁を切った人間だ。組織がどうなろうと知ったことじゃない」

「本気で言ってるの？」

「冗談でこんなことは言えないよ」

工藤は言う。

亜香里は座り直して、ため息をついた。

「雅彦さん、組織のことわかってない」

「知りたくもない」

「そうかもしれないけど、もう私たちは両足をどっぷりと突っ込んでしまったの。本意ではないけど、そういう立場なの。だから、知りたくないことも知らなきゃいけない」

「あっちの世界に戻りたいのか？」

工藤は少し亜香里を睨んだ。

「そんなわけないでしょ」

亜香里が睨み返す。

「だったら、もうこれで終わりだ。レッドホークは僕の手から離れた。そうだろ？」

「それが違うと言ってんの！」

亜香里が語気を強めた。

「伝説のレッドホークを手にした人は、その人がどう思おうと、組織を代表する。レッドホークの委譲に関しては、前の持ち主本人が直接継承しない限り、その効力を認めない」

「それなら、僕も直接継承したわけじゃないから、無効じゃないか」

「雅彦さんは違う。レッドホークはあなたのお父さんから君枝さん、あなたのお母さんに継承された。そして、そのお母さんから直接在処を聞いて手にした雅彦さんは、正統な継承者とみなされるの」

「だけど、これまで組織を仕切っていたのは長老じゃないか」

「長老は代行をしていただけ。あなたのお父さんが、レッドホークを隠してしまったから。けど、対外的にはレッドホークは長老の手元にあったことになっていたの。小暮とあなたのあの戦いが始まるまでは」

亜香里が少し遠くを見つめた。

工藤も当時を思い出し、眉根を寄せる。

五年前、工藤は暴漢に襲われ、大事な金を奪われそうになった。その際、抵抗し、相手を殺してしまった……と思った。

しかし、それは小暮の策略だった。

小暮は工藤の父の同僚で、長老率いる殺し屋組織の傘下にあるグループの長だった。

表向きはスポーツジムを経営しつつ、裏で殺し屋グループを率い、殺し屋の養成もしていた。

工藤は拾われる形で、小暮の下で訓練し、殺し屋となっていくつかの仕事をこなした。

が、小暮の目的は、工藤を自分の部下にすることではなく、工藤の父が隠した伝説のレッドホークの在処を見つけ、銃を手にし、自分が〝紅い鷹〟の称号を得て、長老率いる組織の頂点に立つことだった。

工藤は小暮の目的と、自分が本当は暴漢を殺していないことを知り、憤慨し、小暮に楯突いた。

その争いの中、母は小暮の部下の手で殺された。

母が死ぬ間際、両親の過去とレッドホークの在処を聞かされた。

工藤は父の形見であるレッドホークを手に小暮の組織に単身乗り込み、小暮の命を取り、すべてを終わらせた。

「あの時、小暮からの報告で、組織も本物のレッドホークが復活したことを知った。そして、伝説の銃で小暮を殺した雅彦さんは、その時、紅い鷹の真の継承者となったの」

「なんだ、それ……。僕はただ――」

「わかってる。雅彦さんにそのつもりがなかったことくらい。けど、偶然だけど、継承手続きに嵌まってしまったのよ。現紅い鷹が継承者を指名せず死亡した場合、伝説のレッドホークで殺しを行なった者が相談役の協議を経て、継承者となる。そう規定されているの。雅彦さんはお母さんからの継承ですでに継承者としては認められていたけど、さらにその銃で殺しを実行した。これ以上の継承はないわ」

「なら、今、レッドホークが置かれている状況も同じじゃないか。僕は指名せず、レッドホークを手放した。あとは誰かがそれで殺しをすればいい」

「聞いてた？　指名せず〝死亡〟した場合。つまり、雅彦さんが死なないと、その規定は適用されないの」

　亜香里が見つめる。

　工藤の表情が強ばった。

「そういうことだ」

　玄関口に突然、気配が現われた。

　工藤はコーヒーカップを握り締めた。亜香里も脇にあった電気ポットの取っ手を握る。

「待て待て、俺だ」

居間続きのキッチンに上がった男は、居間の襖《ふすま》を開いた。

神城だった。

「鍵も閉めないとは、不用心だな」

神城は微笑み、二人を見下ろした。

工藤と亜香里は胸を撫で下ろし、座り直した。

神城は工藤と亜香里の間に座った。

「神城さん。僕を連れ戻すつもりなら、無駄ですよ。僕は戻りませんから」

神城を睨む。

「そう尖るな。忘れ物を届けに来ただけだ」

神城は懐に手を入れた。ホルスターから銃を抜いて、テーブルに置く。

工藤は目を見開いた。

「これは……」

「レッドホークだ」

神城は工藤を見やった。

「神城さん。これは、組織に返したものです。受け取れません」

「おまえの気持ちは訊いていない。こいつの持ち主はおまえだ。二度と手放すな」

神城は銃を工藤の前に押し出した。

工藤は銃から目を背け、うつむいた。

「それと、今日から君たちには正式に警護が付く。責任者は俺で、桃田さんのグループの精鋭が手を貸してくれる」

「警護なんていらないですよ」

「徳丸兄弟はレッドホークだけでなく、おまえの命も狙ってくる。川瀬から聞いただろう？　継承の条件を」

神城が言った。

工藤は亜香里を睨んだ。亜香里は顔を小さく横に振った。

「勘違いするな。俺が盗聴していただけだ」

神城はさらりとばらした。

「この部屋に盗聴器を仕掛けているんですか！」

工藤は神城を見据えた。

「この程度のアパートであれば、盗聴器を仕掛ける必要もなく、壁の振動で音声は拾える。五年のブランクのわりにはおまえも川瀬もしっかりしていると思っていたが、勘は鈍っているようだな。やはり、警護は必要だ」

「もう、勘弁してください。頼むから、僕と亜香里を巻き込まないでください。僕たちはこの町で静かに暮らしたいだけなんです」

工藤はうなだれ、小声で言った。

亜香里は工藤を見て、少し涙ぐんだ。

「俺もおまえのささやかな願いを叶えてやりたいが、この騒動が片づかない限り、おまえたちに平穏はない」

神城が非情に断ずる。

「そうですか……。どうあっても、僕はこの運命から逃れられないということですね」

工藤は腿に置いた拳を握った。

やおら、顔を上げる。工藤は神城を見つめた。先ほどまでの感情をあらわにしていた目つきは穏やかになっていた。

「亜香里、証人になってくれ」

神城を見つめたまま、静かに言う。

「いいけど……」

いきなり言われ、亜香里は戸惑った様子で工藤と神城を交互に見た。

神城も工藤の真意を測りかねているようだ。サングラスの奥の目をまっすぐ工藤に向け、動かさない。

工藤は自分のスマートフォンを出し、録画ボタンをタップし、自分と亜香里、神城が映る部屋の隅に立てかけた。

正座をし、改めて神城に顔を向ける。

おもむろに口を開いた。

「神城さん。現紅い鷹の称号を持つ工藤雅彦は、神城隼人《はやと》を後継に指名します」

「何を言ってるんだ！」

神城は驚き、片目を見開いた。亜香里もびっくりして、工藤を見る。

しかし、工藤だけは真顔を崩さなかった。

「相談役の方々には、この決定を承認してくださるよう、深くお願い申し上げます」

工藤は両手をつき、頭を下げた。

「工藤、冗談はよせ」

「冗談ではありません。僕が紅い鷹の称号を持つ者なら、その言葉は絶対。従っていただきますよ、神城さん」

工藤は上体を起こし、レッドホークを神城の前に押し返した。

神城は困惑して、工藤を見やる。

「さあ、その銃を取ってください」

工藤は下から睨みつけた。

神城は手を腿の上に置いたままだ。

「まだ、足りませんか？　では」

工藤はレッドホークを手に取った。素早く握り、引き金に指をかける。

「あとは、よろしくお願いします。亜香里は自由にしてあげてください」

工藤は銃口をこめかみに押し当て、微笑みを浮かべ、引き金を引いた。

2

石黒は仲間と共に横浜の元町にあるトレーニングジムに戻った。

工藤から追い返されたことは、神城に伝えた。神城は自分に任せろと言い、亜香里の警護を解くよう指示をされた。

神城とは同期だが、グループ内では神城が仕事の仕切り役。組織の中ではリーダーの命令は絶対なので、従うしかなかった。

「石黒さん、大丈夫ですかね、川瀬さんと工藤さん」

石黒や神城の下で補佐を務めている椎木《しいき》が不安を口にした。

椎木祐也は、神城たちが新たに育てた若手のホープだ。現在二十八歳だが、聡明で人望も厚く、仕事ぶりも鮮やかで、若手のリーダー格として育っている。

神城と石黒は、ゆくゆくはグループを椎木に任せようと思っていた。

「まあ、あの二人は簡単に殺られるようなヤツらじゃないからな。それに、神城は新たに警護を付けると言っていたから、本体でなんらかの動きがあったんだろう。俺たちは従うしかない」

石黒は言った。

そして、手をパンパンと叩いた。

ジムに残っていた仲間が石黒の周りに集まる。石黒はみんなを見回した。

「みんな、ご苦労だった。明日からはジムも通常営業に戻るから、今日は帰ってゆっくり体を休めてくれ。では、解散」

石黒が言うと、仲間たちは一礼し、三々五々散っていった。

石黒も肩にバッグをかけ、ジムを出ようとする。

「椎木、まだ帰らないのか?」

「ちょっと体を一揉みしておこうかと。どうも、一日一回トレーニングメニューをこなしておかないと、気持ち悪いんですよ」

「筋肉を付けすぎるなよ。柔軟性がなくなるから」

「わかってます」

「ほどほどにな。じゃあ、お先」

石黒は右手を上げ、ジムを出た。スモークガラスに映った石黒の影が小さくなっていく。

椎木は石黒を見送ると、ジムの端のテーブル脇に行った。着替え始める。服を脱ぎ、ボクサーパンツ一枚の姿になった。

胸筋は盛り上がり、上半身に逆三角形を造っていた。腹筋は見事に割れている。太腿は盛り上がり、下肢は豹のように細く引き締まっていた。

椎木はTシャツを着て、ハーフパンツを穿き、靴もトレーニング用のスニーカーに替えた。

着替えを終え、ランニングマシンに乗った。少し速めの速度を設定し、スイッチを入れる。足下のベルトが回りだした。

椎木は黙々と走った。ジムにはマシンのモーター音と椎木の呼吸音だけが響く。

五分もすると額に汗が滲み、頬に流れた。体が熱くなってくる。

ランニングマシンを止める。ゆっくりと足を弛め、マシンから降り、顔の汗をタオルで拭った。

椎木はダンベルを持って、レッグエクステンションのマシンに腰かけた。脛をマットに引っかけ、両脚で重りを持ち上げる。

太腿の筋が浮き上がり、汗に濡れ光った。

椎木は特に、下半身のトレーニングに力を入れていた。もちろん、全体の筋力強化も必要だが、殺しの仕事では俊敏性が求められる。下半身強化は不可欠だった。

椎木はゆっくりと運動を行なった。

大腿四頭筋は大きな筋肉だ。ゆっくりと運動することでより負荷がかかり、筋肉を太く成長させてくれる。

同時に、両腕を脇に付け、両手に持ったダンベルを肘から下を曲げ、持ち上げた。

本来、一つ一つの運動を、筋肉を意識しつつ丁寧に行なう方が良いが、すべてをメニュー通りに進めると三時間はかかる。寝る前なので、フルメニューは難しい。

また、別の運動を同時に行なうことは、筋肉の動きを連動させることにも役立つ。

椎木は無心にトレーニングに取り組んだ。筋肉の軋みを感じ、肉体を意識するほど、雑念が取り払われ、頭の中がスッキリしてくる。

感覚も雲一つない快晴の青空のように澄み切っていく。

その爽やかな感覚に、邪念がよぎった。

椎木はトレーニングを中断した。ドア口に意識を向ける。

複数の気配が揺れた。甘い香りがかすかに漂う。女がいるようだ。

気配はドアの向こうで左右に広がった。

椎木は足音をさせずにマシンから降りた。椅子にダンベルを置き、広背筋を鍛えるラットプルダウンに近づく。そして、ワイヤーを外した。

二メートルはあるワイヤーを半分に折り、両端を右手で握る。

気配に殺気が漲《みなぎ》り始めた。ドアのスモークガラスに長い髪の女の影が映った。その女が右腕を上げた。

瞬間、スモークガラスの向こうで火花が弾けた。音もなく撃ち出された弾丸がスモークガラスを砕く。ガラス片が四散する。

穴の開いたガラス戸を突き破り、複数の男がジム内に飛び込んできた。

椎木は器具に隠れ、左隅に移動した。男が脇を過ぎようとする。

瞬間、手に持ったワイヤーを振った。男の手首に当たる。男は不意に打たれ、銃を落とした。足を止め、椎木の方に顔を向ける。

椎木はそれよりも早く男の背後に回った。

ワイヤーを男の首にかける。素早くねじり、一瞬で締め上げる。

あまりの速さとパワーで、血流が途絶えた。

男は意識を失い、両膝を落とした。

椎木は落ちた銃を拾った。椎木に気づいた男たちが一斉に銃口を向ける。

椎木は器具を盾にし、隙間から正確に敵を狙った。銃弾は高い精度で眉間や胸を撃ち抜いた。

男たちが一人、また一人と倒れる。

左端からスッと気配が近づいてきた。甘い香りがふわっと漂う。

椎木は銃を向けようとした。が、女は速かった。

女の右爪先が椎木のこめかみを狙っていた。椎木はとっさに後ろへ飛び退いた。その瞬間に引き金を引こうとする。

女の爪先は軌道を変え、椎木の右手首に食い込んだ。衝撃で、椎木の手から銃が飛ぶ。

椎木はワイヤーを水平に振った。二つに畳んだワイヤーの片方を離す。半分に折れたワイヤーが伸び、女の首に迫った。

女は左腕を上げた。ワイヤーが腕に巻き付く。女は素早くワイヤーをつかんだ。引き寄せる。

椎木はワイヤーを離した。女がバランスを崩し、後ろに仰《の》け反る。

椎木は前方に飛んだ。女の前に躍り出て、左前蹴りを放つ。

女はそのままバク転をした。椎木の足はわずか数ミリ届かない。

女はヒールの踵をカンカン鳴らし、バク転を繰り返した。

椎木は手前にあったダンベルを取った。女がバク転から体を起こす瞬間を狙い、下手投げで投げつける。

女の目の端がダンベルを捉えた。女は逆立ちの状態で右手で地面を突いた。まっすぐ後方に下がっていた女の体が左斜めに軌道を変える。

女は宙で横に一回転し、壁際に立った。顔を振って、長い髪を撥ね上げる。

女は足下に落ちていた銃を認めた。トリガーガードにヒールの先をひっかけ、足を後ろに振って蹴り上げる。

女は髪の端をなびかせて回転しながら銃をつかんだ。素早く振り向き、椎木のいるところに発砲する。

サプレッサーが銃声を掻き消し、空気を切る音だけが響く。

椎木は腹筋台のシートを蹴って器具を飛び越えた。的を失った銃弾が器具の金属部分に当たり、金切り音を立てる。

椎木は器具の陰を縫って銃弾を避けながら、女と距離を取った。

女の銃のスライドが上がった。女は撃ち尽くした銃を放った。フロアにガシャッと重い音が響く。

椎木は女と対峙した。

パンツスーツに身を包んだ女は、微笑みを浮かべ、椎木を見据えた。

「さすが、神城グループのホープ。こいつらも弱くないんだけどね」

女はやられた仲間に冷めた目を向けた。

「夏海カレンか」

「あら、椎木さんに覚えていただいてるなんて、光栄ですわ」

カレンは笑みを濃くした。

「何の用だ？」

椎木はカレンを睨んだ。

「一緒に来ていただけないかしら。うちの岳人が話を聞きたいと言っているの」

「ふざけるな」

「ふざけてなんかいないわよ。あなたが私と来ていただけるなら、今日はこれで終わり。

あなたが拒否するなら、神城グループの他の誰かにお願いするだけ。どうします？」

「どっちもお断わりだ。徳丸に伝えておけ。今日は見逃してやるが、これ以上、つまらん真似をするなら、神城グループが全力でおまえらを潰すと」

「こわーい」

カレンは茶化すように言い、目を丸くして口元に手のひらを当てた。

椎木が少し気色ばむ。

「けど、ごめんなさい。岳人には誰かを連れてこいと言われてるの。その命令は絶対。それに、あなたたちに潰されるほど、うちの組織はやわじゃない」

「やる気か？」

椎木は身構えた。

「だから、そんな怖い顔をしないで。女に優しくない男は最低よ」

カレンは髪の毛を指で梳いた。その腕を振る。明かりに何かがきらめいた。

椎木は避けようとした。が、半歩遅かった。

カレンが投げた太い針が、椎木の右腿に刺さった。

針を摘《つま》んで引き抜き、右方向へ動こうとする。三歩進んだところで、脚が痺れ、右膝が崩れた。

「なんだ……」

立ち上がろうとするが、痺れは足回りから全身へと広がっていく。

「すごい！　この針に仕込んだ神経毒は、普通の人なら瞬時に死ぬほどの強さ。でも、あなたは三歩も動いた。この毒を注入されて動けた人は初めて見たわ」

「毒針か……」

椎木は体を起こそうとしたが、痺れが全身に回り、思い通りに動かせなくなった。

顔から噴き出す汗が止まらなくなった。呼吸も苦しい。突っ張っていた肘も折れ、顔からフロアに沈んだ。

うつぶせになると、椎木は完全に動けなくなった。

カレンはヒールを鳴らしながら、椎木の脇に立った。

「本当はここで殺してあげたいんだけど、生かして連れてこいとの命令だから、今日はこのくらいにしといてあげる。もっとも、この神経毒には後遺症もあるから、あなたのキャリアはここで終了するでしょうけど」

「おまえら……絶対、俺の手で潰してやる……」

椎木は顔をなんとか動かし、下から睨み上げた。

明かりを背後にまとったカレンの顔に、白い歯が覗く。

「楽しみにしてる。ここから復活できたら、それはそれですごいもの。毒針を作る時の参考にもなるしね。じゃあ、連れていくから、少し寝ててちょうだい」

カレンは右脚を振った。

足の甲が椎木の顎先を弾く。

顎が跳ね上がった瞬間、椎木の意識は飛んだ。

3

神城と亜香里は病院で夜を明かした。

個室のベッドには、工藤が仰向けに寝かされている。

顔はきれいだった。点滴の管も繋がれていなければ、包帯もまかれていない。全身に絆創膏一つ貼られていなかった。

レッドホークを握った工藤は、止める間もなく引き金を引いた。

しかし、銃に弾は入っていなかった。相談役会議の場に工藤が銃を置いて行った時、万が一のことを考え、桃田が実弾を抜いていたのだ。

本来、殺し屋であれば、銃に弾が入っているかどうかは、微妙な重さの違いでわかる。

が、昨晩の工藤は冷静さを失っていたからか、シリンダーの中が空になっていることに気づかなかった。

撃鉄がカチッと空振りした後、工藤は立て続けに引き金を引いたが、何もない薬室を叩いただけだった。

銃で死ねないとわかった後、近くのペンを握り、首を刺そうとした。

すかさず、隣にいた亜香里が工藤の腕をテーブルに押さえつけた。同時に、神城が工藤の鳩尾《みぞおち》に拳を叩き込んだ。

工藤はそのままアパートで意識を失った。

神城と亜香里は、しばらく工藤を寝かせ、目が覚めるのを待っていたが、一向に目を開こうとしない。

神城は大事を取り、横浜郊外にある病院の個室へ工藤を運んだ。

医師の診断では、肉体的な問題は見当たらなかった。目を覚まさないのは心因性の原因ではないかという話だった。長引かなければ、問題はないとも言った。

外に出ていた亜香里が戻ってきた。

神城はソファーから亜香里を見やった。

「会社か？」

神城が訊く。

「はい。私の父が倒れて、看病しなくてはならず、一カ月は戻れなくなったと伝えておきました」

亜香里は話しながら、ベッドサイドの丸椅子に腰かけた。工藤を心配そうに見つめる。

「一カ月も目を覚まさないとは思わんぞ」

「後継の件もあるから、時間がかかると思って。でも、今のところは離れたくないので」

亜香里が小さく息をつく。

「なぜ、今の職場に固執する？」

「社長さんから、ゆくゆくは後継者にと言われていたんです」

「水産加工会社のか？」

神城の問いに、亜香里が頷く。

「雅彦さん、戸惑いながらも喜んでた。私もうれしかった。初めて、一般の人に認められたから」

亜香里がかすかに微笑む。

「雅彦さんはずっと、レッドホークを手放して、組織とは完全に縁を切ることを考えていたんです。一方で、雅彦さんもレッドホークを持つ者の責任は感じていました。ただ、私も雅彦さんも、この五年の半ば逃亡状態のような生活に正直疲れていました。そこに正社員登用と後継の話が来て。それで、雅彦さんは長老と話を付ける決心をしたんです。普通の穏やかな生活をしたかったから。なのに……」

亜香里は掛け布団の上から、工藤の腕にそっと触れた。唇を嚙む。

「裏に生きる人間にはハードルの高い話だな……」

神城は目を伏せた。

「たったひと月で、組織の後継問題が片づくとは思わないいんですけど、雅彦さんが望んでいた暮らしの糸をわずかでも繋いでおきたいんです」

亜香里は工藤を見つめた。

「できる限りのことはする」

神城は力強く答えた。

スマートフォンが鳴った。神城は内ポケットからスマホを出した。

病院の周りに配置している部下からだった。

「どうした？　うん……わかった。すぐに行く」

神城は手短に話し、通話を切った。

「何かあったんですか？」

亜香里の表情が険しくなる。

神城は笑みを作った。

「警備の確認だ。すぐに戻ってくる」

そう言い、部屋を出る。

神城は急いで階下に降り、病院を出た。

ロータリーの右手に、入院患者が散歩できる遊歩道がある。神城はそちらに向かい、木々が茂った場所にあるベンチに腰を下ろした。背板にもたれ、腕をかける。

と、背後から声がした。

「すまんな、警護中に」

石黒の声だった。

「かまわん」

神城はまっすぐ前を見つめたまま、答えた。腕を外し、脚を組む。

「何があった?」

「椎木がさらわれた」

石黒が言う。

サングラスのブリッジ越しに、眉間に皺が立った。

「弾痕、血痕、戦闘の痕跡や引きずった跡もある。昨晩、椎木だけがトレーニングでジムに残ったんだが、そこを襲われたようだ」

「椎木は無事なのか？」

「わからん。ただ、椎木が簡単にやられるとは思わないがな」

石黒の声が沈む。

「襲ったのは？」

「フロアから毒針が見つかった」

石黒が言う。

「夏海カレンか……」

神城が呟いた。

「どうする？」

石黒が訊いた。

「俺は工藤の警護から離れられない。おまえ主導で神城グループとして動いてくれ」

「おそらく、徳丸兄弟のグループだとは思うが、処分は？」

石黒が訊く。

「この件は俺が上に報告しておくから、椎木を奪還次第、殲滅《せんめつ》しろ」

神城の声に怒気がこもる。

「了解」

石黒が返事をした。

気配が消える。

神城は宙を睨み続けた。

4

椎木は目を覚ました。

薄暗い部屋にいた。顔を起こして周りを見てみる。二十畳ほどのフロアか。コンクリートの壁剝き出しの何もないがらんどうの部屋だった。全体はうっすらと青っぽい明かりで照らされている。

手足を動かそうとしたが、動かない。

四本脚の椅子に座らされていた。両手首は後脚の支柱に、両足は前脚の支柱に縛り付けられていた。腰も背板に固定されている。

椅子ごと動こうとしてみた。が、椅子はびくともしない。顔を左に傾け、椅子の脚を見る。四本の脚はフロアに埋め込まれていた。

「拷問部屋か……」

椎木は息をついた。気だるそうにうなだれる。

指先を動かしてみる。カレンの毒針で痺れていた指は麻痺が取れていた。唇も普通に動く。ただ、全身の虚脱感はいまだ残っていた。

ドアが開いた。

「お目覚めね」

カレンが入ってきた。

椎木は重い首を起こし、カレンを睨んだ。

「そんな怖い顔をしないで。体、ずいぶん楽になったでしょう？　かわいそうだから、解毒剤を打ってあげたの。私、案外優しいのよ」

笑みを覗かせ、近づいてくる。ヒールの音が壁に反響する。

「一人か？」

「そうよ。縛られた人を大勢で囲むなんて、趣味の悪いことはしない」

カレンは椎木の前に立ち、見下ろした。

椎木は顔を起こし、カレンを見上げた。

「何が目的だ？」

「あなたに訊きたいことがあるの」

カレンは腰を折って、顔を近づけた。ふわりと甘い匂いが漂う。

「工藤雅彦はどこにいるの？」

笑顔のまま訊く。

「知らない」

椎木は即答した。

「知らないわけないでしょう？　工藤の保護には、あなたのボス、神城が関わってる。当然、あなたたちも関与しているはず」

「知らないものは答えようがない」

椎木はにべもなく返した。

「そう」

カレンが身を起こす。

ポケットから注射器を取り出した。針のカバーを外し、ピストンを親指で押し上げる。

針の先から滴が垂れる。

椎木の眦《まなじり》が引きつった。

「大丈夫。神経毒とかじゃないから」

カレンは微笑んだまま、服の上から右の二の腕に針を刺した。

液体を注入する。冷たい薬剤が体内に入ってくるのがわかった。

注射器の液体をすべて入れ終え、針を抜く。針が抜けたところから血が滲み、服に染み込んだ。

「何の薬か、楽しみでしょう？　もうちょっと待ってね。すぐにわかるから」

カレンは言い、針先にカバーをして、注射器をポケットにしまった。

胸下で腕を抱き、椎木を見つめる。

椎木は自分の身体の反応に神経を向けた。毒針が刺さった時のような痺れは感じない。

体がだるくなってくることもない。

何をしたんだ……。

静かな時間が過ぎていく。

数分過ぎた頃、自分の鼻息が妙に大きく聞こえてきた。神経を研ぎ澄ましているからだ。

そう思っていたが、次第に鼻息だけでなく、自分の鼓動やカレンの呼吸音まで、大きく聞こえてくるようになった。

また、薄暗く感じていた部屋の明かりが、眩《まぶ》しく感じるようにもなってきた。

おかしいと感じ始めた時、カレンがヒールの踵をカツンと鳴らした。

瞬間、椎木は顔をしかめた。

ヒールの音が、耳元で金属の棒を叩き鳴らしたように響いた。甲高い音は響き続け、脳をかき回した。

カレンはにやりとし、爪先で椎木の右脛を軽く蹴った。

「んあ！」

椎木はたまらず呻いた。

たいした蹴りではない。が、脛に響いた痛みは全身を這い上がり、頭頂を貫いた。

椎木の額から脂汗が噴き出した。

「楽しいでしょう？　さっき打ったのは、五感を高める薬。覚せい剤とは違うんだけどね。今のあなたは、視覚も聴覚も触覚も、通常の数倍にはなってる。人によっては数十倍にもなるから、感覚過敏で、ショック死する人もいるのよ。あなたは鍛えているから、簡単には死なないと思うけど」

カレンが話す。

その普通の話し声ですら、大音量のスピーカーから発せられている音を間近で浴びているように、椎木の鼓膜を揺らした。

「もう一回、質問ね」

カレンは再び腰を折り、顔を近づけた。

「工藤雅彦は、どこ？」

小声で訊く。

「知らない……」

椎木は囁くように言った。自分の声も響くので、大きな声が出せない。

「聞き分けのない子には、お仕置き」

カレンが頭頂に拳骨を落とす。

「んがっ……！」

椎木は短い悲鳴を漏らした。

ただの拳骨なのに、鉄球を落とされたかのように、頭蓋骨が割れんばかりの衝撃が響いた。

「じゃあ、質問を変えようかな。レッドホークは今、どこにあるの？」

カレンは椎木の顔を覗き込んだ。

「知らん……」

椎木が掠れた声を絞り出す。

「答えてくれたら、中和剤をすぐに打ってあげるよ」

「だから……知らないんだ、細かいことは……」

返答する椎木の顔には汗が流れていた。

「そうなの？　じゃあ、生かしておいても仕方ないわね」

カレンは椎木の右耳に口を近づけた。スッと息を吸い込む。

「死ね！」

大声で怒鳴った。

釣鐘の真ん中に立たされ、思い切り鳴らされたように耳管も脳も揺れた。鼓膜が裂け、血が噴き出したかと思うようなインパクトが椎木を襲う。

椎木の意識は一瞬にして飛んだ。深くうなだれる。顔の汗と涎《よだれ》が椎木の足下に垂れる。

「死んだかな？」

カレンは身を起こし、爪先で脛を蹴った。

椎木の体がびくっと跳ねた。

カレンは微笑み、部屋を出た。

廊下を進み、分厚いドアを開けて、エントランスに出る。ドア脇には、部下が立っていた。

「どうでした？」

「しぶといけど、死んではいないわ。椎木が脱出できるとは思わないけど、不測の事態もあるかもしれないから、しっかり見張っていてね」

「承知しました」

部下は頭を下げ、分厚いドアを閉じた。

カレンはそのままエントランスを横切り、居住フロアへ向かった。

監禁拷問部屋は、東雲のタワーマンションにある徳丸兄弟のアジトの一角にあった。

カレンは徳丸岳人の寝室に入った。

岳人はヘッドボードに枕を置き、もたれ、本を読んでいた。

カレンはベッドサイドに浅く腰かけた。

「吐いたか？」

岳人が訊く。

「知らないと言い張ってた。ひょっとしたら、本当に知らないのかもしれないわね」

「そうか……」

岳人は本を閉じた。

「一応、もう少し責めてみるけど、あまり長くは引っ張れないわよ。神城グループはすぐに動くと思うから」

　カレンが言う。

　岳人は本を脇に置き、宙を見据えた。しばし、沈黙が続く。

「仕掛けるか」

　やおら、口を開いた。

「あと一週間、椎木を拷問してみろ。途中で死んでもかまわない。拷問の様子は撮影して、ジムに送りつけろ」

「一週間で大丈夫？」

「昌悟も意識を取り戻した。食事も摂れているから、回復は早いだろう。それより、工藤とレッドホークの守りを万全に固められる方が面倒だ。俺たちが動けるようになるまではかき回せ。椎木が途中で死んだら、首を斬って、ジムに投げ込んで来い」

「わかった」

　カレンは片笑みを浮かべ、立ち上がった。岳人の頬にキスをして、寝室を出る。

　岳人はカレンを見送り、閉まったドアを睨んだ。

5

石黒は仲間と手分けをして、徳丸グループのメンバーを捜していた。

丸二日、ジムは通常営業しながら捜索したが、まったくの空振りに終わっている。

徳丸兄弟が長老宅を襲って以来、グループに属する殺し屋たちは姿をくらましていた。

徳丸昌悟が仲間たちと出入りしていた飲み屋や繁華街には、もう一カ月近く姿を見せていない。岳人が通っていたカフェやバーにも姿はなく、彼らが殺しを請け負ったという話も聞こえてこない。

いくつか特定されていた徳丸グループの拠点を仲間に見張らせているが、人の出入りはまったくなかった。

深手を負った徳丸兄弟が、秘密の隠れ家で態勢を整えていることは容易に想像できたが、石黒たちとしては、彼らが復活する前に叩きたい。

認めたくはないが、徳丸グループはプロをしてそう思わせるほどの力を持っていた。

その日も、石黒は仲間三人を連れ、捜索に出かけていた。

が、何一つ、情報はつかめず、午後六時すぎにジムへ戻ってきた。

ジムにいた仲間が声をかけてくる。

「おかえりなさい」

石黒は笑顔を向けた。が、すぐにその笑みも消える。

他の仲間も疲れた様子だった。

石黒はジムでトレーニングしている客に笑顔を作って声をかけ、捜索に出た仲間と共に事務所に入った。

石黒は一番奥の席に座った。他の仲間は、それぞれ空いた席に腰を下ろす。誰もが疲れ切ったように肩を落とした。

ジムにいた仲間の一人が入ってきた。椎木と並ぶ次世代のホープとして育てている水鳥《みずとり》紗生《さき》だ。

ショートカットでボーイッシュな二十代半ばの女性で、顔つきはあどけない。しかし、ジャージの下の肉体は彫刻のように鍛え上げられている。

動きにキレとスピードがあり、そこを活かした打撃と刃物の使い手だった。

紗生は石黒の脇に立った。

「見つかりませんでしたか？」

「ああ。気配すらない」

石黒はため息をついた。

「相談役会議から、情報は入っていないのですか？」

「神城に問い合わせてもらったが、相談役がつかんでいるアジトはすべて調べた。連中、まったく公にしていない場所に潜んでいるんだろうな」

「困りましたね……」

紗生の表情も沈む。

「工藤の方に動きはあったか？」

「ボスからの連絡では、いまだ目を覚ましていないそうです。警備は完璧で、病院周辺を探っている不審者も今のところいないようです」

紗生は神城からの報告を石黒に伝えた。

「明日からの捜索、どうしましょうか」

「ちょっと神城と相談してみる」

「では、明日はまず、通常通り、私のグループもジムに出勤するということでいいですね？」

「そうしてくれ」

「わかりました」

紗生は一礼し、事務所を出た。

石黒は紗生を見送り、座っている仲間を見回した。

「みんな、お疲れさん。今日はもういいから、帰って休め。敵が狙ってくる可能性もあるから、家に戻っても気は抜くな。何かあれば、すぐ仲間の誰にでもいいから信号を送ること。わかったな」

石黒の言葉に、仲間たちは返事をし、首肯した。

一人、二人と立ち上がり、事務所を後にする。まもなく石黒一人になった。

石黒は神城に連絡を入れようと、バッグからスマートフォンを出した。

「どうしたものか……」

神城の番号を表示し、タップしようとする。

と、電源を入れたままのデスクトップパソコンのモニターに、新着メールの着信通知が表われた。

石黒は手を止め、メーラーを開いた。届いたばかりのメールを開いてみる。

件名はなかった。アドレスも知らないものだ。本文もなく、添付ファイルがあるだけだった。

「なんだ、これは……?」

石黒は怪訝そうに首を傾げた。

件名も本文もないメールは、本来、迷惑メールとして弾かれる設定となっているはず。不審なファイルが付いているものはなおさらだ。

が、このメールはすんなりと入ってきた。

添付ファイルはＭＰ４ファイルだった。動画だ。少し調べてみたが、見えている拡張子の後ろに隠れ拡張子は付いていない。純然たる動画ファイルだった。

石黒はメールを開いたまま、しばし、画面を見つめた。

席を立ち、ドアを開ける。

「水鳥君、ちょっと」

紗生に声をかける。

紗生は個人指導をしていた客を他の者に任せ、事務所へ入ってきた。ドアを閉じる。

「どうしました？」

「悪いが、俺の席にあるパソコン以外、すべての通信を切断してくれ」

「はい」

紗生は怪訝そうに首を傾げつつも、石黒の言う通り、他の五台のパソコンのネットワークを一台ずつ切断した。

「すべて切断しました」

紗生が言う。

石黒は頷き、動画ファイルをクリックした。紗生が石黒の傍らに歩み寄り、モニターを覗き込む。

動画再生ソフトが立ち上がった。暗い画面に映像が浮かび上がる。

悲鳴が轟いた。石黒は音量を小さくした。

青い光に包まれた空間の真ん中に椅子があった。そこに縛られ、ぐったりとうなだれた男がいる。

「椎木！」

石黒は目を見開いた。紗生の眉間にも皺が立つ。

画面の外から、長い棍棒が現われる。その棒先が椎木の胸を突く。

思い切り突かれているわけではない。押されている程度だ。

が、棒の先が触れた途端、椎木は顎を撥ね上げ、絶叫した。

棒は二度、三度と椎木の胸や足、腕を突いた。そのたびに、椎木は相貌を歪め、体を痙攣させた。

椎木の顔は汗まみれで、口元も涎で濡れている。だが、血が出ている様子はない。

「どうなってるんだ……。何をされてる？」

石黒が呟く。

「感覚亢進薬を使っているのかもしれませんね」

紗生が言った。

「なんだ、それは？」

「五感の感度を上げる作用を持つ薬です。神経伝達物質の調整機能を麻痺させ、感覚のストッパーを外す作用があるそうです」

「麻薬か？」

「いえ、抗うつ剤に近いものらしいです。拷問用に開発された薬で、一般には知られていないものですね。私も実物は見たことないですから、あくまでも聞いた話ではありますが、夏海カレンが関わっているとすれば、そうした薬剤を使うことも十分考えられるかと」

紗生は、叫び続ける椎木の姿を見つめながら話した。

「このまま、拷問を受け続ければどうなる？」

「普通に考えれば、過剰な感覚を絶えず浴び続けていると、肉体が破綻をきたし、ショックで死に至るでしょう」

「猶予はないということか……」

石黒の目つきが険しくなる。

拷問の様子は五分ほど流れ、何のメッセージもなく動画は終わった。

「何が目的だ……」

石黒が呟く。

「おそらく、私たちの動揺を誘う狙いがあるのでしょう。その上で、私たちを誘い出し、工藤さんの居場所やレッドホークの在処を特定しようとしているのではないかと」

紗生は冷静に解釈をした。

「無駄かもしれませんが、IPアドレスと画像解析をしてみましょう」

「そうだな。頼めるか？」

「はい、適任者は知っていますので。すぐにかかります」

紗生はUSBスティックをポートに差し、メールと動画をダウンロードした。

それを持って、事務所を出る。

「くそったれが――」

石黒は静止した画像を睨み、神城に電話をかけた。

第３章

1

神城は相談役会議に呼ばれた。秘密の会議室に入ると、相談役の面々が顔を揃えていた。神城は彼らの前に腰を下ろした。

「首尾はどうだね？」

大谷が訊く。

「芳しくありません。先生方からいただいた情報を元に徳丸兄弟の所在を捜したのですが、どこも空振りでした。徳丸の仲間も街からは姿を消していますので、八方塞がりの状況です。加えて、先日報告させていただいた通り、私の部下が彼らの仲間に拉致されました。彼らはあくまでも、レッドホークと紅い鷹の称号にこだわるようです」

神城が答えた。

「困った連中じゃの……。桃田君、君のところで何かつかめていないのか？」

最長老の黒須が、端に座っている桃田に顔を向けた。

「うちでも捜しているのですが、今のところは何も……」

桃田が声を小さくする。

「海外に逃げたという情報もないぞ」

元大手海運会社の梶木が言う。

「資金面も調べてみたんですがね。長老殺害以降、口座の金はまったく動いていません」

日銀出身の仁部が言った。

「完全に雲隠れか。まこと、困ったもんじゃのお」

黒須は着物の袖に腕を通し、口角を下げた。

「レッドホークは今、どこにあるんだ？」

大谷が訊いた。

「然《しか》るべき場所に隠しています」

「然るべき場所とは？」

仁部が訊く。

「先生方は知らない方がよろしいかと。徳丸が先生方を狙ってこないとも限りませんから」

「知らなきゃ、殺されるじゃないか」

「知っていても殺されますよ」

神城は仁部を見た。仁部の顔が強ばる。

「知らないと言い続ける方がまだ、助かる可能性は高いですね。また、徳丸の仲間の夏海カレンは薬物のプロフェッショナルですから、自白剤のようなものを使われれば、失礼ながら、先生方のような一般の方では簡単に証言してしまうでしょう」

「おいおい、舐めてもらっちゃ困る。俺たちも裏に足を突っ込んだ人間だ。そう簡単に口は割らねえよ」

梶木は仏頂面で神城を睨み返した。

「そうですか。これをご覧ください」

神城は脇に置いたバッグからノートパソコンを出した。テーブル脇のケーブルに繋ぎ、パソコンを起動して、保存した動画を再生する。

動画は神城の後方にある大きなモニターに映し出された。

流れてきたのは、椎木の拷問シーンだった。

相談役たちは、しばらく動画を見ていた。が、まもなく妙なことに気づいたようで、桃田以外の四人は怪訝そうな顔を覗かせた。

「なぜ、彼は絶叫してるんだ？　ちょっと小突かれただけなのに」

仁部が疑問を口にした。

「感覚亢進剤です」

桃田が答える。

「米軍がテロ容疑者の拷問用に開発させた薬だと聞いていますが、実物は私も知りません」

桃田に続き、神城が答える。

「この薬物を投与されると、五感が通常の数倍から数十倍鋭敏になり、ちょっとした音や刺激がとてつもない大音量や衝撃に感じるようになるのです」

「大丈夫か、彼は」

梶木が言う。

「椎木は鍛えていますので、まだなんとか耐えられるでしょうが、このまま拷問が続けば、いずれは」

神城の眉間に険しい皺が立った。

「工藤君の具合は？」

黒須が訊いた。

「依然、眠ったままです。身体に異常はなく、医師の話では精神的なものだろうと」

「弱ったのお。この肝心な時に、紅い鷹が不在とは……」

顔の皺が深くなるほど、厳しい表情を作った。

「その件なのですが」

桃田が口を開いた。

「この際なので、臨時に神城君を紅い鷹として認めてはどうでしょうか」

提案する。

相談役四人と神城が目を丸くした。

「桃田君、本気で言っているのかね！」

大谷が桃田を見やる。

「本気です。工藤は神城を後継とするという動画を残しています。その後、自らの頭にレッドホークを突きつけるシーンも。なので、工藤は死んだことにしてしまえば、神城君への継承も納得されると思います」

「しかしそれは、弾の入っていない銃だっただろう？」

仁部が言う。

「最後の部分はカットしてしまえば良いでしょう。疑念を持つ者がいても、工藤がいなければ、その後のことは相談役会議の発表を受け入れるほかはありません」

「工藤君が復活した時はどうする？」

大谷が訊いた。

「あくまでも、今回の決定は〝暫定〟です。工藤の意識が戻れば、正式に手続きを踏んで誰かに紅い鷹の称号を継承させればいいでしょう。しかし、今はまず、組織を立て直し、一本化することが必要。それには、紅い鷹の称号を持つ頭首が不可欠です。組織がまとまれば、徳丸グループの駆逐も容易になるでしょう。となれば、後継を狙う徳丸兄弟は神城グループに的を絞って動いてくるでしょうから、神城君には、相応の覚悟とリスクを取ってもらうことになりますが」

桃田は神城を見た。

神城は相談役一同を見回した。

「うむ、それも一計じゃな」

黒須は言い、神城を見やった。

「あの本物のレッドホークを持ってこられるかね？」

「はい」

神城は返事をした。黒須は頷き、言った。

「わしは、桃田君の提案に同意する」

仁部は驚いて、黒須を見た。

「本気ですか？」

「わしゃ、冗談は嫌いじゃ」

「黒須さんが賛成するなら、仕方ないな。俺も、その提案に乗るわ」

梶木が続いた。

「私も同意します。仁部さんはどうしますか？」

大谷が訊く。

仁部は腕組みをして、逡巡した。伏せた目を少し上げ、周りを見やる。反対や保留をする空気ではなかった。

「わかりました。私も賛成しましょう」

仁部は渋々同意した。

「ありがとうございます。神城君、相談役会議は君を暫定的に後継指名するという意見の一致をみた。君は受け入れるか？」

桃田が神城に訊いた。

神城は顔を伏せていた。が、やおら顔を上げ、相談役を見回した。

「わかりました。組織のため、その提案を受け入れます」

神城はしっかりとした口調で返事をした。

大谷が頷いた。

「では、明日の午後一時、レッドホークを持ってここへ来てもらいたい。そこで承認の動画を撮影し、午後五時に加盟組織に通達する。以上」

大谷が会議を締めた。

2

水鳥紗生は、宮代玉輝《みやしろたまき》のマンションに出向いていた。

宮代は細身の若い男性で、日頃はフリーのプログラマーをしている。

が、元は同業者だ。

同じ訓練所で修業をしていたが、ナイフを使った実技で不慮の事故に遭って左腕が麻痺し、やむなくリタイヤした。

紗生はそのまま修業を終え、神城のグループに入った。

リタイヤ後の宮代の動静は知っていたが、殺し屋となった紗生は、昔の仲間にコンタクトを取ることはなかった。

そんなある日、神城にＵＳＢメモリーのデータ解析を命じられた。

紗生は宮代のことを思い出して連絡を取り、仕事を手伝ってもらった。三年前のことだ。以来、ネット関連のデータを解析する時は、宮代に頼んでいる。

宮代は使い勝手が良い。殺し屋稼業を知っているだけに、内容について漏らすこともないし、漏らせばどうなるかも肌身で理解している。

もちろん、相応の報酬は求めてくるが、多少の金をケチってトラブルを招くリスクに鑑《かんが》みれば、決して高くはない。

紗生は毎日のように届けられる動画をＵＳＢメモリーに落として、宮代宅に届けていた。

その日も宮代にＵＳＢメモリーを渡し、作業を後ろから覗き込んでいた。

宮代はデスクに三台のモニターを並べ、傍らにタブレットやノートパソコンも置き、表の仕事であるプログラミングをこなしながら、同時に紗生が持ち込んだ動画の解析も行なっていた。

モニターの青白い明かりが宮代と紗生を照らしていた。

「ひどい動画だね」

宮代が顔を小さく振る。

「でも、これでショック死しないのはすごいね、この椎木という人」

「そりゃあ、うちの次世代ホープだからね」

「けど、このままじゃ、そう遠くないうちに壊れちゃうね」

宮代が画面に目を向けたまま、言う。

「何かわかった？」

紗生が訊いた。

「相手もなかなか慎重だよ。動画を撮っているところは完全防音で、ドアを開閉するところは一切出てこない。拷問しているのは女性だろうけど、見えるのは足先と手のひらくらい。ＩＰも解析してみたけど、ケイマン諸島のサーバーで止まったよ。そこから前の分はきれいに消してる。徳丸グループって言ったっけ、敵のグループ名。強敵だね」

「そっか。あんたでもわかんないか……」

紗生がため息をつく。

「ちょっと待って。わからないとは言ってないよ」

宮代が言う。

紗生は宮代を見た。

「何かわかったの？」

「彼ら、よっぽど防音設備に自信があったんだろうね。注意深く隠してはいるけど、一つだけミスを犯した」

宮代はモニターを見ながらニヤリとした。

「聞いててね」

そう言い、マウス操作を始めた。

動画の音から、椎木の悲鳴や呻き、女性のヒールの音などを消していく。

ゴーという音とポコポコという音が聞こえてきた。時折、強くなったり弱くなったりを繰り返す。

「何、この音？」

「ポコポコという音は、空調の音。室内の気圧と室外の気圧の差で、こんな音がするんだよ。強弱を繰り返しているということは、ドレンホースから外気が頻繁にホース内に入ってきているということだね。つまり、室外の気流が激しいということ。タワーマンションの高層階の空調にありがちな特徴だよ」

「ここはタワーマンションということ？」

げた。
空気がゴーッと流れる音だけがノイズのようにスピーカーから流れる。宮代は音量を上
宮代は空調の音を抜いた。
「可能性は高いね。さらに——」

「よく聞いて」

そう言い、耳を澄ます。

紗生も耳を澄ました。歓声や人のざわめきのようなものが混じっていた。

「これ、何?」

「昨日の動画に入ってたんだ。なんで、タワーマンションがありそうな場所で、何か大きなイベントがなかったか調べてみた。そうしたら、有明コロシアムで世界ランクのテニスプレーヤーのイベントをやってた」

「そう。だけど、高層階なら地上の声は届かないんじゃないの?」

「それがそうでもないんだ。音というのは波だからね。その波は地形や風によって、思わぬところに運ばれることもある。で、当日の東京湾の天気を解析した」

宮代は右のモニターに地図を表示した。

「その日は南風が卓越していて、音は北上したと思われる。さらに、よく聞いていくと、

金属製の滑車の音や車の排気音が聞こえる。音は風に乗って、ゆりかもめから首都高の晴海線を越えて、東雲運河を抜けたんじゃないかと推察できる。その先にあるのはここ」

宮代はスカイズタワー&ガーデンを指した。

「Y字型のトライスター形状のマンションで、鼻先は東雲運河に向いていて、三方に凹みがある。風がぶつかって上昇するとすれば、建物の西か北西側、有明通りに面する方だね」

「そこが彼らのアジトということ?」

「断定はできないけど、その近辺であることは間違いないと思う。もう少し、解析してみるけど」

「ありがとう、助かったわ!」

紗生が宮代の肩を叩いた。

「今回は高いよ。音を解析する装置を仕入れたから」

「椎木さんが助かるなら、いくらでも払うよ。続けてよろしくね」

紗生は言い、部屋を出た。

宮代のマンションから離れ、周りに人がいないことを確認し、スマートフォンを出した。

「もしもし、水鳥です。有力な情報が得られました」

紗生は電話に出た石黒に、解析結果を口早に伝えた。

3

紗生からの報告を受けた石黒は、さっそく、徳丸たちに面が割れていないであろう神城グループの新人三人を選出し、現地へ赴かせた。

ランナーやテニスプレーヤーなど、スポーツマンを装いつつ、マンション周辺を監視させた。

石黒は、マンションに出入りする者や車を見かけるたびに写真を撮らせ、送らせていた。

送られてきた画像は、すぐさま事務所で待機している紗生や他の者にマッチング解析をさせた。

午後五時を回った頃、また一枚の人物の写真が送られてきた。

紗生が受け取り、さっそく顔認証プログラムで画像のマッチングをしてみた。両眼を見開いた。

「石黒さん！」

石黒は紗生の席に駆け寄った。

「これを」

紗生がモニターを指差す。

顔認証で一人の人物と写真の人物がマッチしていた。

平林透。二十歳の若者だ。徳丸グループに所属する殺し屋だった。両腕には長袖のようなタトゥーが入っている。短髪を金髪に染め、眉もない。小柄だが横幅がありガッチリとした男だった。

「半グレ組織にいたということは、昌悟が引っ張ってきたヤツだな」

石黒が呟く。

「やはり、このタワーマンションがアジトでしょうか？」

紗生が訊いた。

「おそらく。だが、確証がないうちはむやみに動けない。見張りをしている者にはまだ伝えるな。先走られても困る。おまえはこの平林というヤツの関係先をあたってくれ。他に何か出てくるかもしれん」

「わかりました」

紗生は首肯し、足早に事務所を出た。

石黒はすぐに神城に連絡を入れた。

「もしもし、俺だ」

——どうした？

「徳丸の隠れアジトらしき場所が見つかった。徳丸の部下の姿が確認された」

——どこだ？

「東雲のタワーマンションだ。どうする？　急襲しろというなら、今晩にでも踏み込んでみるが」

石黒が言う。

神城が少し黙った。

——今は見張りに徹してくれ。まだオフレコだが、明日、俺が相談役会議で紅い鷹の称号を得ることになっている。

「おまえが頭首か！」

石黒は驚いて、小声で叫んだ。

——暫定だ。これ以上、トップ不在にしておくのも具合が悪いからな。まずは俺の下でまとめて、不安分子は排除しようということになった。

「徳丸を潰すんだな？」

——徳丸以外の、組織に反抗的なグループも、この際、掃討することになるだろう。だから、明日まで待て。俺がトップに立てば、組織を動かせる。組織全体と戦うことになれば、徳丸ももたんだろう。

「わかった。じゃあ、見張りに徹しておく」

――そうしてくれ。それと、ジムはしばらく閉鎖してくれ。俺が後継となれば、徳丸たちも黙っちゃいないだろうからな。会員さんや一般インストラクターに被害が及んでは申し訳が立たん。

「わかった。その手配もしておくよ」

――頼んだ。

神城は電話を切った。

「あいつが紅い鷹か……」

石黒は、紅い鷹直結のグループになると思うと、緊張して身震いした。

4

その夜、徳丸岳人と昌悟の兄弟は、食堂で食事を摂っていた。カレンも同席している。

兄弟の顔が食堂に揃うのは、久しぶりだった。

岳人は見えている部分の包帯をすべて取り、静かに食事を口に運んでいる。昌悟はまだ点滴の管を両腕に付けていながら、フォークでステーキを刺し、かぶりついていた。

「病み上がりに詰め込むと、調子を崩すぞ」

岳人が言う。

「腹減ってるほうが調子崩すぜ。こんな液体ばっかり詰め込まれたからな。胃袋が泣いてる。おい、もう一枚持ってこい！」

昌悟はステーキを平らげ、皿を持ち上げた。給仕をしていた部下が、空いた皿を持って厨房に引っ込む。

「昌悟君に自重という言葉は似合わないわね」

カレンはクスッと笑い、小さく切った肉を口に入れた。

「椎木はどうだ？」

岳人が訊いた。

「吐きもしなければ、くたばりもしない。ただのしぶとい捕虜と化してるわ」

カレンはこともなげに言った。

「オレが拷問してやろうか？　運動不足だからよ」

昌悟が言う。

給仕が新しいステーキを持ってきた。昌悟はまたフォークで刺し、肉を嚙み切った。

「昌悟君がいじめたら、あっという間に死んでしまうわ。薬、使ってるから」

「いいじゃねえか。吐かねえってことは、何も知らねえんだろ？　そんなヤツ生かしといても、経費の無駄だ」

「昌悟君から経費の話が出るなんて」

カレンがまた笑う。

「おまえなあ。オレもグループのことは考えてんだ。あれだろ？　組織を立て直さなきゃならねえんで仕事は受けられねえ。出所がバレちゃいけねえから金も引き出せねえ。このまま寝てちゃ、ジリ貧だからな」

「心配しないで。足の付かないところからお金は出してる。これまでの仕事で、蓄えも十分にある。まだ一カ月くらいはのんびりしてくれて大丈夫よ」

「そういうわけにはいかねえだろ。長老の組織が立て直しを図りゃ、面倒なことになる」

「手は打ってある」

岳人が静かに言う。

「まあ、兄貴がそう言うなら大丈夫なのかもしれねえけど」

昌悟は黙って、肉を食べた。

「神城の動きは？」

岳人はカレンを見た。

「通常通り、ジムを運営してる。石黒たちは私たちや椎木を捜してるようだけど、何もつかめてない感じね」

「神城は？」

「ジムには出入りしていないみたい」

カレンが言う。

「いつからだ？」

「工藤が現われたと、鳩から連絡があって以来だから、一週間から十日くらいになるかしら」

「長いな……」

岳人が手を止めた。グラスを取り、ワインを口に含んで喉に流す。

と、不意に食堂のドアが開いた。

「お食事中、失礼します」

カレンの下で活動している若い男が、一礼して入ってきた。

カレンに駆け寄り、耳打ちする。カレンの眉間に皺が寄った。その空気を岳人と昌悟は感じ取った。

若い男は再び礼をし、部屋を出た。

「何があった？」

「さっき、相談役会議から通達があったそう」

「内容は？」

「紅い鷹の称号の正式な継承者として、神城を指名すると」

「なんだと！」

昌悟はフォークを刺した肉を皿に叩きつけた。皿が砕けて散る。

「あんなヤワなヤツに頭首が務まるか！」

再び、肉を叩きつける。フォークが肉を突き破り、テーブルに刺さった。

給仕をしていた部下たちはびくっとして身を竦ませた。

が、カレンと岳人は涼しい顔をしている。

「先手を打ってきたか……」

岳人はグラスを置いた。

「今すぐ、神城を潰しに行こうぜ！」

昌悟は鼻息を荒くし、腰を浮かせた。

「まあ、落ち着け」

「落ち着いていられるか！　オレたちが半分以上の仲間を失ってまで長老を殺ったから、トップの椅子が空いたんじゃねえか。それを他のヤツに盗られるってのは、我慢ならねえ！」

「落ち着けと言っているんだ」

岳人は静かに昌悟を睨んだ。

昌悟も眉を吊り上げ、見返した。が、やがて目を逸らし、座り直した。近くにあったワインの瓶を取り、呷る。口辺から赤い液体が溢れても気にも留めない。

「神城がトップに立つということは、私たちを掃討するつもりね」

カレンの言葉に、岳人が頷く。

「私たちを切ったということね」

「そうだろうな」

返事をし、おもむろにカレンを見やる。

「相談役の所在はわかるか？」

「鳩に訊けば、顔写真も手に入るけど」

「一人、捕まえてこい」

「誰にする？」

「そうだな……。仁部がいい。ヤツならすぐに吐くだろう。時間はかけられん」

「わかった」

カレンはナプキンで口元を拭き、席を立った。ヒールを鳴らして腰を揺らし、食堂を後にする。

「どうすんだよ」

昌悟が訊いた。

「神城を指名したのは、おそらく対外的な関係と組織内の混乱を収めるためだ。決定事項ではないだろう」

「腰掛けってことか？」

「たぶんな。神城は工藤に会っている。本物のレッドホークも手にしているだろうから、一時凌ぎといえど、効力は発生する。その間に僕らのような跳ね返りを粛清しようというところだろう」

「望むところだ。やってやるよ！」

刺さったフォークを握り締める。フォークの柄が曲がった。

「冷静になれ。僕たちも弱くはないが、再び、組織全体を敵に回すとなれば、壊滅的なダメージを受けるおそれもある。甘くないぞ、組織は」

岳人は淡々とした口調で語る。それが事の深刻さを伝える。

「ただ、悪いことばかりではない。少なくとも、レッドホークの在処はわかった。神城の手元にあるはずだ。それを入手し、工藤を捜し出して殺せば、正統な継承者は僕たちとなる」

「ちょっと待て。工藤が死んで、神城が継いだんだぜ？」

「そう都合よく、工藤が死ぬと思うか？」

岳人は静かに昌悟を見つめた。

「まあ、死んでいれば問題ないが、工藤が生きていれば、ターゲットは二人ということになる。無理に大勢を相手にすることはない。昌悟、動けるか？」

「ああ、大丈夫だ」

胸を叩く。顔をしかめそうになるが、我慢して真顔を作った。

「まずは、ここを引き払う。早晩、つかまれるだろうからな。部下に指示をして、必要なものを運び出し、奥多摩のアジトに移れ。椎木も連れて行け。ヤツは神城の餌に使う」

岳人は昌悟を見つめる。

「おうよ」

昌悟は片笑みを覗かせ、肉片をつかんで口に放り込み、席を立った。

「年寄りどもは、ふざけた真似をしてくれるな……」

岳人は呟き、再び食事を始めた。

5

「そこで降ろしてくれ」

仁部は運転手に言った。

運転手は、銀座みゆき通りの路肩にハイヤーを停めた。

午後六時を回った頃。帰宅するサラリーマンやＯＬに交じって、これから出勤するクラブのホステスや飲みに出かける客などが行き交っている。

みゆき通りは、銀座でも有名な通りで、高級ブティックや一流クラブが通り沿いにひしめいている。路肩には、仁部の乗ってきたものと同じようなハイヤーや高級車が並んでいた。

「よろしいのですか？」

運転手はバックミラーを覗きながら訊いた。

「僕がどうしようと、君には関係ないだろう」

仁部が仏頂面で返す。

「明日は大事な相談役会議です。万が一にも、トラブルがあってはなりません。今日のところはお帰りになった方がよろしいかと」

「おい、僕も相談役の一人だ。君たちのような殺しの技術はないが、それなりに修羅場は潜っている。舐めるな」

仁部はミラー越しに運転手を睨んだ。

「失礼しました」

運転手は軽く頭を下げた。

「長居はしない。三時間後にまた、ここへ迎えに来てくれ」

「かしこまりました」

運転手は返事をし、車を降りた。リアを回り、後部ドアを開ける。

仁部は車から降りると、スーツのフロントを少し伸ばし、運転手に背を向けて歩き出した。

一本目の角を左に曲がり、路地へ入る。

運転手は仁部を見届けると、襟元に口を寄せた。

「仁部、出ました」

囁いて、運転席に戻り、ハイヤーを始動させた。ゆっくりとその場から離れる。

仁部は去っていくハイヤーを認め、軽く息をついた。

組織の相談役を務めて五年になるが、そろそろ退任したいと思っている。

相談役の仕事は多くない。招集がかかった時、所定の場所に集まって話し合ったり、依頼に応じて、対象の資産状況を調べたりする程度のものだ。表の業務に支障をきたすこともない。

ただ、心労は計り知れない。

仁部が組織の相談役を引き受けることになったのは、現日銀総裁から頼まれたためだ。彼は仁部が就任する前の相談役で、総裁職に専念すべく、仁部を後継に指名した。

歴代総裁の裏方を長年務めてきた仁部は、殺し屋の組織といっても、日々相手にしてきた反社会的勢力の延長のようなものだろうと軽く考え、定年後の身の振り方も鑑み、総裁に恩を売るため、申し出を引き受けた。

が、内実は、仁部の予測をはるかに超えていた。

二十四時間三百六十五日、常に警護という名の監視が付いている。少し不自然な行動を見せれば、監視している殺し屋が音もなく近づいてきて警告される。

相談役会議で監視を外すよう要請したが、かつて、監視を外した途端に殺された者も少なくない数でいると聞いた。

初めのうちは、監視を気にしないようにしていたが、日が経つにつれ、四六時中行動を見張られていることに息苦しさを感じるようになった。

とはいえ、病気にでもならない限り、辞任を申し出ることもできない。

仁部を後継に指名した総裁は、定年までは相談役を務めてほしいと言っている。

あと二年は、この生活から逃れられないのかと思うと、正直辟易する。

仁部は通りの中ほどにあるビルに入った。奥へ進み、エレベーターの前に立つ。

このビルの五階に、仁部の行きつけのクラブがある。相談役を務める前からの馴染みで、相談役を引き受けてからは唯一の息抜きの場になっている。

この店は組織に申告している。なので、ホステスやバーテンダーの中に、組織に関係している者が潜んでいた。

もちろん、内密にではある。仁部も、誰が組織の関係者なのかは知らない。

それでも馴染みのチーママに会えるだけで、日常に戻ってきたような気分を味わえた。

エレベーターが開いた。

乗り込もうとする。と、通りの方から、ヒールの音が響いた。深紅のドレスを着た女性が、肩に羽織ったショールと小さなショルダーバッグを揺らしながら走ってくる。

仁部は一瞬身構えた。徳丸グループには夏海カレンがいる。彼らは無謀な策もいとわない。襲ってくる可能性もあり、常に警戒していた。

女性を見つめる。薄い和風の顔をした、ぽっちゃりめの女性だ。

仁部は安堵して息をついた。

カレンはスレンダーで目鼻立ちのはっきりした美女だ。背も高い。まるで違う風体だった。

「すみません！　待ってもらってもいいですか？」

女性は裾をはね上げ、走ってきた。

「どうぞどうぞ」

仁部は笑みを見せ、エレベーターのドアを片手で押さえた。

女性が乗り込む。

「何階ですか？」

「七階、お願いします」

女性はずれたショールを肩に上げ、微笑んだ。

仁部は5と7のボタンを押し、ドアを閉めた。

「新人さんかな?」

女性に話しかける。

「はい。今日、出勤初日なんですけど、ミーティングに遅れちゃって」

落ち着かない様子の女性を見て、仁部は目を細めた。

「あ、こんなところで何なんですけど、せっかくですから、ご挨拶をさせていただいていいですか?」

バッグを寄せ、うつむいて開け、中をガサゴソと探る。

仁部は微笑ましく見守っていた。

「私、七階のキラーズに勤めます——」

女性がバッグの中で何かを握った。

「夏海カレンと申します」

仁部は名前を聞き、ギョッとした。

女性は顔を上げた。目は吊り上がり、左の口角が上がっている。

女性は左手のひらを仁部の口元に被せ、エレベーターの壁に仁部の後頭部を押さえつけた。同時に、バッグから出した細い注射器の短い針を首筋に刺し、シリンジを親指で押した。

薬剤の入ってくるひんやりとした感触が、左頸部に広がる。瞬時に、膝から力が抜けていく。

「おとなしくしててね。ちょっと強い筋弛緩剤使ったから、十分以内に処置しないと危ないの。私たちの車に運んだら、処置してあげるから」

カレンは耳元に顔を近づけ、囁いた。口元から手を離す。

「おまえ……まるで別人じゃないか……」

「女はね。化ける生き物なの」

カレンはにやりとして、少し顔を離した。

仁部の腰が落ちそうになる。カレンは両脇に腕を通して抱きかかえた。脚を絡めて反転し、自分がエレベーターの壁にもたれ、仁部の体を少し前傾に倒す。

エレベーターが五階で止まった。ドアが開く。ボーイらしき者が立っていた。

カレンはすかさず仁部の口を唇で塞いだ。

ボーイらしき男をちらりと見て、右手を伸ばし、ドアを閉める。

カレンは再び反転し、仁部の背を壁に付けた。ゆっくりと離れる。仁部はずるずると座り込んだ。

何かを言おうと口を開くが、声は出ず、金魚のようにパクパクと動かすだけだ。

「私のキスはサービスよ」

にっこりと微笑んで見せる。

仁部は重い瞼を閉じた。

七階に着いた。スーツを着た店員ふうの男が三人、外で待っていた。仲間だ。

カレンは先にエレベーターを降りた。入れ替わりに入ってきた男が仁部を背負って担ぎ出す。

「警護は？」

別の男に訊いた。

「大丈夫です。鳩の関係ですから」

「結構。予定通り、アジトへ」

カレンは指示をして、再びエレベーターに乗り込み、降りていった。

6

ジムの事務所に詰めていた石黒の下には、見張っていた部下から、次々と報告が届いていた。

タワーマンションの人の出入りが激しくなっていた。送られてくる画像の中に、他にも徳丸グループのメンバーが何人か見つかっている。

彼らは頻繁に出入りしていた。

「動きがあわただしいですね」

石黒の隣で状況を見ていた紗生が言う。

「連中、ヤサを替える気だな」

石黒の眉間に皺が立った。

「どうします？」

「神城には、明日まで待てと言われたが、ここを逃がすと連中を追い込むチャンスを失う。水鳥、先発隊と共に踏み込め。俺は神城に連絡後、すぐに合流する」

「承知しました」

紗生が事務所を飛び出した。

石黒はすぐさまスマートフォンを取った。

7

神城は横浜の病院に戻った。病室に顔を出す。亜香里は神城を認め、ベッド脇の丸椅子から腰を浮かせた。

神城は右手のひらを上げ、小さく下に振った。亜香里が腰を下ろす。

静かに亜香里の脇に歩み寄る。

「どうだ?」

神城の問いに、亜香里は小さく顔を横に振った。

「早く意識を取り戻すといいな」

神城は亜香里の肩を握った。

「神城さん」

亜香里は神城を見上げた。

「私、このまま雅彦さんが目覚めなくてもいいんじゃないかと思えてきたんです」

「何、言ってんだ。死んでもいいというのか?」

「死は望みませんけど。このままここで寝ててもいいんじゃないかと。そうすれば、雅彦さんを煩わせる組織の戦いにも巻き込まれることはないし、そのまま息を引き取れば、苦しみから解放される。私は、もう何年も雅彦さんの苦悩を見てきました。このへんで楽になるのもいいんじゃないかと思って……」

「君はどうする？」

「もちろん、私も――」

亜香里は工藤を見つめた。

「君の思いもわからんではないがな」

神城はパイプ椅子を取り、亜香里の隣に座った。

「工藤はこのままでも、組織の争いから解放されない。徳丸が動き出している」

神城の声のトーンが低くなる。

亜香里の目にも緊張が走った。

「先ほど、石黒から連絡があった。徳丸兄弟の隠れ家だと思われる場所にまもなく踏み込む。潰せればいいが、そううまくはいかないだろう。俺たちが狙っていると知れば、彼らも逆襲に出てくると思われる。そのターゲットに工藤は含まれる」

「雅彦さんは死んだということになっているのではないんですか？」

「今はそう喧伝しているが、早晩、工藤が生きていることはわかるだろう。そうなると、徳丸だけでなく、漁夫の利で組織のトップを狙おうとする輩も出てくるかもしれない」

「つまり……雅彦さんはどうあっても、組織の抗争から逃れられないと？」

「今のままではな。そこで、暫定だが、俺が頭首を引き受けることになった」

「神城さんが！」

驚いて、神城を見やる。

神城は頷いた。

「あくまでも暫定だ。頭首が不在では、混沌とするだけなのでな。俺が暫定トップに立って組織を統一し、反乱分子を駆逐する。それまで、二人ともしっかり生きろ。組織の内紛が収まれば、正式な後継者に〝紅い鷹〟の称号は委譲する。そこで晴れて、工藤や君は自由に――」

話している最中、電話が鳴った。

ポケットからスマートフォンを出す。桃田からだった。

「すまんな。ちょっと失礼する」

神城は電話を繋いで、病室を出た。

廊下の端に行き、スマホを耳に当てる。

「神城です」

告げると、桃田はすぐに用件を伝えた。

――相談役の仁部氏がさらわれた。

神城の目つきが鋭くなる。

「徳丸ですか？」

――わからんが、おそらくそうだろう。事態を把握できるまで、明日以降の臨時相談役会議は延期する。君のグループはもう隠れ家らしき場所に踏み込んだのか？

「いえ、まだですが」

――中止しろ。仁部氏に万が一のことがあっては、面倒なことになる。

「わかりました」

神城は電話を切り、折り返し、石黒に連絡を入れた。

「……石黒か？」

――ああ、どうした？

「隠れ家の急襲は中止しろ。相談役がさらわれた」

――本当か！

「信じられんがな。相談役に何かがあっては事だ。待機させている者には、引き続き監視と尾行をするよう指示してくれ」

──わかった。

石黒は通話を断った。

神城はスマートフォンを握った。

「あいつら、どこまでもやる気だな……」

スマホを上着の内ポケットに入れ、病室に戻る。

「何かあったんですか？」

亜香里が不安そうに声をかけた。

「ちょっとな。川瀬。詳細は話せないが、工藤がここにいるのも危険だ。移るぞ」

「寝たきりなのに？」

「寝たきりだからだ。今、徳丸たちに襲われては守り切れないかもしれんからな。手配してくる」

神城は病室を出た。

亜香里は神城を見送ると、工藤に目を向け、手を握った。

8

紗生は先発隊と共にタワーマンションの間近まで迫っていた。

と、いきなりスマートフォンが震えた。

ポケットから取り出し、ディスプレイを見る。石黒の名前を見て、すぐさま電話に出た。

「水鳥です」

――急襲は中止だ。監視に戻れ。

「何があったんですか？」

――相談役がさらわれた。

石黒の言葉に、紗生の目が鋭くなる。

――連中が動いたら尾行して、行く先を把握しろ。

「わかりました」

紗生は電話を切った。

「どうしました？」

仲間の男が訊く。

「不測の事態があったよう。急襲は中止。全員、監視に戻り、徳丸グループのメンバーが動き次第、尾行する。他の人たちにも伝えて」

「はい」

男はその場から離れた。

「相談役をさらうなんて……」

紗生の表情が険しくなる。

相談役には、組織直系の護衛が付いていると聞く。

その警護を掻い潜って……あるいは、倒して、組織内で絶対的な力を持つ相談役を拉致するという暴挙に出たのか。

徳丸兄弟の力を見くびってはいなかったが、自分の想像を超える集団なのかもしれない。

そう紗生は感じた。

電話が鳴った。

仲間からだ。

紗生はすぐに電話に出た。

──水鳥さん！　徳丸昌悟の姿を確認しました！

仲間の男が興奮気味に話す。

「どこ？」

――駐車場出口です。ＳＵＶに乗っています。

「ＧＰＳを作動させて、三人で尾行。場所だけ特定できればいい。特定後、連絡の上待機。深追いはしないように」

――承知しました。

仲間が電話を切った。

ここを探り当てた宮代の手腕に感嘆する。一方で、紗生は多少の違和感を覚えていた。

なぜ昌悟が、見張られている可能性も否定できない中、姿をさらすように出てきたのか。

こちらに気づいていないということは考えられる。しかし、気づいていながらわざと出てきたとすれば――。

昌悟はともかく、岳人ならそのくらいの画策はしかねない。

とはいえ、今は監視、尾行以外、取れる算段がない。

紗生は気を引き締め、タワーマンションの出入口を見据えた。

9

昌悟がマンションを出る十分前のこと。食事を終え、コーヒーを飲んでいた岳人のところに部下の男が来た。

「岳人さん。なんか、妙なのがうろちょろしています」

「見せろ」

岳人が言う。

もう一人の部下がタブレットを持ってきた。岳人の前に置き、操作する。屋上に秘密裏に取り付けた小型カメラが、マンション玄関の周辺を映した。

最初に来た部下の男が、指で画面を広げた。玄関周りがズームされる。

「こいつらです」

マンション前の遊歩道の片隅に、ランナー姿の若者が固まっていた。しきりに玄関の方を見やり、顔を寄せて何かを話している。

岳人は自分で指を当て、ピンチアウトした。一人の女性を映し出す。

「水鳥紗生か。こいつら、神城グループだな」

「どうします？」

「昌悟を呼べ」

岳人が言うと、部下が出ていった。

リビングで休んでいた昌悟が、酒瓶片手に食堂へ戻ってくる。

「なんだ？」

昌悟は入ってくるなり、大きな声で訊いた。

「敵のお出ましだ」

「神城か？」

昌悟は岳人の脇に駆け寄った。

岳人はタブレットの画面を目で指した。

「おー、水鳥じゃねえか。いい女になったな」

昌悟が舌なめずりをする。

「どうやって、ここをつかんだんだ？」

「わからん。が、ほとんど情報のない中、このアジトを短期間で割り出すとはたいしたもんだ」

「感心してる場合じゃねえだろ。どうすんだ？」

昌悟が訊く。

「おまえは二人連れて、館山のアジトへ行け」

「奥多摩じゃねえのか？」

「おびき出して、ついてきた連中を始末しろ。できれば、捕まえて、神城たちがどこまでつかんでいるのかを聞き出してほしいところだが」

「任せとけ」

昌悟は手のひらに拳を打った。

「まあ、期待はしていない。始末は確実にな。その後、俺から連絡があるまで、その場で待機しろ」

「他の追っ手が来たら？」

昌悟は岳人を見た。

岳人は昌悟をまっすぐ見て言った。

「殺せ」

「了解」

昌悟はにやりとし、親指を立てて、食堂を後にした。

岳人は口元をナプキンで拭い、席を立った。食堂を出て、いったん寝室に戻った。クローゼットから小さなスポーツバッグを出し、それを持って、廊下を奥へ進む。

監禁部屋の前に来た。ドア口で見張りをしていた部下が頭を下げた。

「開けろ」

岳人が言う。部下はドアを開けた。

明かりを点ける。椎木は顔をしかめた。

「まだ、薬が残っているようだな」

「岳人……やはり、ここに……」

椎木は睨み上げた。が、岳人が手にしているバッグを見て、怯えた様子を覗かせた。

「心配するな。もう、薬は打たない」

岳人は言い、足下にバッグを置いた。

「君に朗報だ。水鳥紗生を中心とした神城グループの精鋭が、このマンションを突き止め、踏み込まんと待機している」

「おまえらも終わりだな」

椎木は笑みを覗かせた。

「普通の組織なら、君たちには敵わないだろうね。ただ、相手が悪い。我々は組織内で新世代最強と称されている徳丸グループだ。人数が減ったとはいえ、不測の事態に対する備えはできている」

岳人は言うと、屈んで、スポーツバッグを開けた。

猿轡《さるぐつわ》を取り出した。ワイヤーに丸いピンポン玉大の球が付いている。

「これはただの猿轡ではない。爆弾だ」

にやりとし、椎木の頬を指で挟んで無理やり口を開けさせ、押し込んだ。しっかりと噛ませ、ワイヤーを後頭部で固定する。

椎木は球を噛んだ。が、金属球で強く噛むと歯が砕けそうだ。椎木は口を開き、わずかな隙間から呼吸をした。

「起爆装置はあえて教えまい。神城グループの精鋭であれば、解除できるだろう。もし君が運よく生き残れたなら、いつでも殺しに来るといい。待っている」

岳人は笑みを濃くし、椎木にアイマスクを被せた。

それから岳人は、足下を触ったり、首のあたりに触れたりした。部屋の四隅も歩き回る。どこかに起爆装置を仕掛けているのだろうが、どれが本物でどれがブラフかわからない。

しばらくすると、岳人の足音は遠ざかり、ドアが閉じた。

岳人はドア口にいた部下に声をかけた。

「ここに残っている者を全員、食堂に集めろ」

「承知しました」

部下が廊下を走る。

岳人は小さなスポーツバッグを持って食堂に入った。

「コーヒーを」

厨房の者に言う。

岳人が奥の席に座ると、すぐに厨房の者がソーサーに載せたコーヒーを持ってきた。

岳人はブラックのコーヒーを含み、飲み込んだ。

マンションに残っていた部下十名が食堂に入ってきた。岳人の右手の壁際に並ぶ。

「全員、揃いました」

呼びに行かせた部下が言う。

岳人はコーヒーカップをソーサーに置いた。

「諸君、ご苦労。君たちとここで態勢を立て直すつもりだったが、早くも敵が現われた」

岳人の言葉に、少し部下がざわつく。

「しかし、君たちは最強徳丸グループの精鋭。その程度のことでは動じないと思う」

岳人が言うと、部下たちは動揺を隠し、直立し直した。

「わざわざおいでいただいたので、我々も応えよう。これより、作戦を命ずる。六名は私とここを出て、奥多摩のアジトへ行く。残り四人は、ここに残り、爆破後、敵の生死を確認し、確実に息の根を止め、この場を離れ、連絡を待て。平林」

「はい」

金色短髪の小柄な男が一歩前に出た。

「おまえはここに残れ。起爆装置はこれに入っている」

岳人は小さなスポーツバッグをテーブルに置いた。

「爆破のタイミングはおまえに任せる。事後処理はしなくていい。すべて吹き飛ぶからな。今から、ここへ残る者と私と共に行く者を選抜し、準備を整えろ。五分やる」

「承知しました。来い」

仲間に声をかける。

部下たちは岳人に一礼し、食堂を出た。

「君たち」

岳人は厨房の者を呼んだ。

厨房で料理人や給仕を務めていた老若男女三人が、岳人の脇に歩み寄った。

「短い間だったが、ありがとう」

岳人がスポーツバッグに手を入れた。

三人の顔が強ばる。

「そう怖がるな。何もしない」

岳人は苦笑し、白い封筒を取り出した。

「少ないが、礼だ。受け取ってもらいたい」

三人の方へ封筒を押し出す。

それぞれ、戸惑った様子で顔を見合わせていたが、最年長の白髪の男性が手に取ると、中年女性と若い女性も封筒を手にした。

男性が中を覗いた。帯封の付いた百万円の束が入っていた。

「こんなに……！」

女性たちも驚いて目を丸くする。

「これでも少ないくらいだ。君たちが栄養価の高い食事を提供してくれたおかげで、傷ついた部下が回復し、我々も英気を養えた。もう少し、君たちの食事を堪能したかったが、それも叶わなくなった。残念だ」

「ありがとうございます」

男性が頭を下げた。女性たちも同じように頭を下げる。

「まもなく、ここは消失する。私物を持って出て行ってくれ。縁があればまた会おう」

岳人は微笑んだ。殺し屋とは思えない、柔和で理知的な笑みだった。

三人は再度礼をし、厨房奥の部屋へ駆け込んだ。

平林が戻ってきた。

「岳人さん、準備整いました」

それを聞き、岳人はコーヒーカップを取った。

「いいんですか？」

平林は厨房の奥に目を向けた。

「平林、覚えておくといい。俺たちは単に殺しをしていればいいというわけではない。スムーズに仕事を遂行するためには、時に一般人の協力も必要だ。そうしたことも念頭に置いて、処分するか生かすかを判断する。それも一流になるために必要な能力だ」

「勉強になります」

平林が言う。

岳人はコーヒーを飲み干し、カップを置いた。

「行くぞ」

岳人は立ち上がった。

第4章

1

桃田は、急きょ、自分の部下に命じて、仁部以外の相談役を都内高級ホテルのスイートルームに連れてこさせた。

ワンフロアに一部屋だけの最上階スイートだ。ネットやパンフレットには載っていない、VIP専用の部屋だった。

室内には七つの部屋があり、四つの部屋には、個別にバスルームとトイレも付いている。ベッドもキングサイズで、ちょっとした執務も行なえるテーブルや応接セットも、その四部屋には置かれている。

真ん中は半円形のエントランスとなっていて、ちょっとしたサロンがある。

桃田はオーバルテーブルを囲むソファーに相談役を招いた。

黒須と梶木は、もうこの部屋に来ていた。

最後にやってきたのは、大谷だった。

「遅くなりました」

軽く頭を下げ、促されるまま、奥の一人掛けのソファーに座る。

大谷の左手には黒須が、右手には梶木が座っていた。桃田は大谷の正面にいた。

「ここはいい」

桃田が、大谷を連れてきた部下を見やる。

スーツを着た部下は深く頭を下げ、部屋を出た。ドアが閉まる。空気が重くなった。

「急に来てもらい、申し訳ありません」

桃田が他の三人に頭を下げる。

「あんたのせいじゃない」

梶木がため息をつく。

「この部屋は、内々に用意しました。自分のグループの生え抜きを警護にあたらせていますので、ご安心ください」

桃田が言う。

「官房に連絡は？」

大谷が桃田を見た。

「していません。事態を把握してからと思っています」

「まあ、連絡したところで、連中は何もせんがな」

黒須が言った。一同を見回す。

「小暮の時も、長老が官房に話を通したが、黙殺された。ヤツらにとって、わしらは、使い勝手の良い裏組織ではあるが、存在を認めてはならん害悪でもあるからな」

「使うだけ使って、いざとなりゃ、切り捨てか」

梶木が仏頂面を覗かせる。

「そんなもんだ、政治家なんて生き物は」

黒須は嘲笑した。

「桃田君、状況は？」

大谷が訊く。

「どこか、ほっつき歩いているだけじゃないのか？」

梶木が重ねる。

桃田は二人を見やった。

「いえ、仁部さんが立ち寄った銀座の店のビルや周辺の防犯カメラを確認したところ、裏口から男に背負われて運び出され、車に乗せられたことは間違いありません」

「車は？」

黒須が訊く。

「シルバーのワンボックスでした。その車は、一キロ離れた住宅街の公園近くで発見されましたが、そこから先の足取りはまだつかめていません」

「店には、警護と監視を兼ねた組織の者がいたはずじゃが」

「はい。しかし、逃がしてしまいました。仁部さんを迎えに出ていた者に訊いたところ、仁部さんがさらわれた時間、エレベーターでホステスと抱き合っていた男がいたそうです。おそらく、それが仁部さんでしょう」

「ホステスということは、実行者は夏海カレンか？」

大谷が訊いた。

「そうとは思うのですが、目撃者の話では、容姿はまったく違っていたそうです。防犯カメラにも、仁部さんらしき男の後からビルに入っていく赤いドレスを着た女が映っていますが、カレンとは風貌が違います」

「徳丸グループの他の女ということか？」

梶木が言う。

「いえ、それも考えにくいのです。徳丸グループが何か大きな事を起こすときは、必ず、徳丸岳人、昌悟、夏海カレンの誰かが動きます。今回は、相談役の拉致です。この三人以外の者が動くとは思えません」

「そういえば、昔、おったわ。変幻自在に容姿を変える女の殺し屋が」

黒須が顔を上げた。

「顔は化粧でいくらでも変えられる。体形もボディースーツやドレスで太くも細くもなれる」

「背はどうすんだ」

梶木が黒須を見た。

「その女は、普段、スーツにヒールという服装に徹していた。なぜ、いつも小ぎれいにしているのかと訊いたことがある。殺し屋なんて、楽に動ける格好の方がいいだろうからな。すると、彼女は言ったよ。ヒール姿を見慣れると、ほとんどの者が、ヒール込みの身長が自分の身長だと認識するようになる。つまり、一六〇センチの者でも、一七〇センチあると刷り込まれるのじゃ。そいつが普段より低いヒールのパンプスを履いてみろ」

「なるほど、背は低くなる」

大谷が納得したように頷く。

「そういえば、夏海カレンも、いつもヒール姿だな」

梶木はカレンを思い浮かべつつ、腕を組んだ。

「彼女なら、そのくらいのことはしそうですね」

桃田も感心したように頷く。

「まあ、夏海カレンが同じ手を使ったかはわからんが、女は化ける生き物じゃから、そうした手口は思いついとるとみたほうがよかろう」

黒須は言った。

「とすれば、やはり、仁部さんは徳丸の手に落ちたと考えるべきですね」

大谷の表情が険しくなる。

「神城君は？」

大谷が訊く。

「工藤を移動させています。徳丸の動きが再び活発化していますから、いずれ、彼を狙ってくるだろうと思いまして」

「横浜の病院でよかったんじゃねえか？」

梶木が言った。

「できうる限りの警備はしていますが、万が一を考えて、先手を打つ方がいいかと」

「うむ、わしもその判断は支持する」

黒須が頷いた。

「今後のことは、暫定頭首の神城を加えて、改めて話すとしまして。みなさんには、事態が落ち着くまで、こちらにいていただきたいのですが」

「まあ、この部屋を見れば、そういうことだとは思ったがな」

黒須が部屋を見回す。

「表の仕事で、大事な会議があるんだがなあ」

梶木が渋る。

「国内であれば、移動していただいてもかまいませんが、うちの護衛と共に行動していただきます。それと、夜の接待やパーティーは、極力ご遠慮いただきたい」

桃田は梶木を見やった。

静かだがまっすぐ向けられる目には、有無を言わせない凄みが滲む。

「わかったよ」

梶木はため息をついて、ソファーに深くもたれた。

「わしはかまわんよ。家にいても、暇を持て余している身じゃからな」

黒須が微笑む。

「大谷さんは？」

桃田が顔を向けた。

「こういうことになるだろうと、一週間分の連絡は済ませてきた」

「ありがとうございます」

「どのくらいかかる？」

梶木が訊く。

「状況が把握できれば、それぞれ戻っていただいてもかまわないと判断できるかもしれません。が、最低でも、大谷さんが目算した一週間は、こちらにいていただくことになるかと」

「長えな……。仕方ねえが」

梶木は再び、ため息をついた。

「なるべく早く、事態の把握と収拾を図ります」

桃田は頭を下げ、立ち上がった。

2

平林は、紗生たちの様子をモニターで見ていた。

「こいつら、バカじゃないですか？」

隣でモニターを眺めていた仲間が笑う。

紗生たちは、各所を見張ったまま動かない。

が、岳人はもちろん、他の仲間も、平林たち四人を残し、すべてマンションを出た。

あからさまに紗生たちの前を通った仲間もいるが、神城グループの者たちはちらっと見ただけで、追跡する気配は見せなかった。

岳人は厨房で働いていた者と共に、車で出た。それにも気づいた様子はない。

「岳人さんが出るときは、オレらもまとめて出るとでも思っていたんですかね」

仲間の男がケタケタと笑った。

確かに、平林が見ていても、紗生たちは怪しげなものが目の前を通ってもスルーしていた。

が、平林に笑みはない。

「笑ってんじゃねえ。あいつらが何を狙っているのか、わかんねえだろ。気を抜くな」

平林は強い口調で叱責した。

「すみません……」

男は真顔になり、詫びた。

平林は腕時計を見た。

最後の仲間が出ていって、三十分が過ぎた。

「そろそろだな。他の連中も呼んでこい」

「はい」

男が立ち上がり、部屋を出た。

まもなく、待機していた他の二人と共に戻ってくる。

三人は、平林の前に並んだ。

「ご苦労。今から、作戦を遂行する」

そう言うと、スポーツバッグから三台のスマートフォンを出して並べた。

一台ずつ、自分のスマートフォンと、ビデオ通話に繋ぐ。

「取れ」

平林が言うと、三人はそれぞれスマホを手に取った。

平林はカメラを自分に向けた。

「右から、確認しろ」

双方向通話ができているか、右から一人ずつ確認していく。すべてのビデオ通話が通じていた。

平林が頷く。

「これを、玄関、駐車場、裏口にいる神城グループの連中に渡してこい」

「直接ですか?」

左端の男が顔を強ばらせた。

「そうだ」

「連中、襲ってくるんじゃゃ……」

右端の男が不安を口にする。

「ビビってんのか?」

平林は、右端の男を睨んだ。

「いえ、その……」

右端の男が目を伏せる。

と、平林はにやりとした。

「相手は神城グループだ。そのくらいの恐怖感を持っていていい。強え人間に素直にビビれねえヤツは無駄死にするだけだからな」

言うと、三人が安堵したような吐息を漏らした。

「とはいえ、わかってても向かい合わなきゃいけねえときもある。今がそれだ」

平林の言葉に、空気がピリッとする。

「まあしかし、心配するな。連中は何もしねえ。いや、できねえといったところだな」

「なぜです？」

「椎木が生きているからだ。ヤツが生きている以上、連中もうかつに手は出せねえ。おまえらは、これを渡したら、ここから去って、散れ。ホテルかどこかで待機してろ。こっちの携帯に連絡を入れる」

平林はガラケーを三台出して、置いた。それぞれが取り、ポケットに入れる。

「接触は五分後。時計を合わせるぞ」

平林は腕時計のデジタルをストップウォッチにした。三人も、自分の腕時計のデジタルをストップウォッチにする。

「三、二、一」

平林の掛け声で、同時にボタンを押す。数字が動き始めた。

「渡す時、こう伝えろ――」

平林は指示をし、三人を送り出した。

「さて、動くか」

平林もゆっくりと立ち上がった。

3

紗生は仲間と共に、タワーマンションの玄関が見える位置で待機していた。

じりじりとした時間が過ぎる。辺りも暮れ、マンションや街灯の明かりが道路を照らす。

じっとしているせいで、体も冷える。紗生たちは各々が携帯していたウインドブレーカーを着足した。

駐車場と裏口も見張らせているが、昌悟が出ていった後は連絡がない。動きがないということだ。

怪しい雰囲気の者もいたが、監視している人数はわずか五人。玄関に紗生ともう一人、裏口に二人、駐車場に一人配置している。手一杯で、尾行に回している余裕はなかった。

一応、怪しい者は写真を撮り、石黒が待機している本部に送っている。徳丸グループの関係者だとわかれば、石黒が手配するだろう。

しかし、昌悟らがマンションを出て、三時間は経っている。そろそろ動きがあってもおかしくないが……。

そう思っていたとき、玄関から若い男が出てきた。あきらかに、タワーマンションの住人とは違う。上下のスエットに身を包み、フードを被っている。両手をポケットに入れ、背を丸めている。

紗生と仲間は、植木に身を隠した。さりげなく横を向き、フード男を見やる。

フード男はまっすぐ自分たちの方へ歩いてきていた。重心は爪先にあり、素早く足を振り出す。

普通の者ではない。気配も強い。

紗生と仲間は横を向いたまま、神経を尖らせた。踵を浮かせ、臨戦態勢に入る。

フード男が植木を回り込んできた。

紗生と仲間はとっさに分かれ、フード男の両脇に立った。紗生たちが右膝を浮かせる。

「待て！」

フード男は両手を出し、腕を広げた。右手にはスマートフォンが握られている。

「手を出すな。オレがやられれば、椎木は即死だ」

椎木の名を聞き、紗生と仲間は脚を下ろした。

紗生のスマホが鳴った。フード男を見据え、スマホを出す。裏口の仲間からだった。繋いで、耳に当てる。

「水鳥です」

――水鳥さん、ここに徳丸の一派の一人が――。

「こっちにも来てる。おそらく、駐車場も」

紗生はフード男を睨んだ。

「このスマホを受け取り、指示があるまで動くな。オレがここへまっすぐ歩いてきたからわかるだろうが、おまえらの行動はすべて見られている。妙な真似をすれば、終わりだ」

フード男はスマホを投げた。

仲間がスマホをつかみ取る。

フード男がそのまま紗生たちの前から立ち去ろうとする。仲間が追いかけようとした。

「放っておけ」

「しかし――」

「動くなという指示よ」

紗生は自分のスマホを耳に当てた。

「指示に従って」

　そう言い、電話を切る。

「駐車場の仲間にも指示に従うよう連絡を」

　紗生が言う。仲間はフード男から受け取ったスマホを紗生に渡し、駐車場の仲間に電話した。

　と、渡されたスマホから声が聞こえた。

　――さすが、水鳥紗生。冷静な判断だ。

　紗生はスマホを見た。画面に人影が映っている。話しているらしき男の腕が映っていた。手首までタトゥーが入っている。

「平林か？」

　――おー、神城グループの次世代女性ナンバーワンと言われる水鳥さんに知っていただいているとは。光栄だな。

「うちの椎木は？」

　――いるよ。

　平林がスマホを回した。打ち放しコンクリートの殺風景な部屋の真ん中に、椅子があった。そこに男が座らされ、縛られている。

「椎木さん！」

紗生が声を上げた。

その声が、平林のスマホから響き、反響する。

椎木が顔を上げた。やつれた様子で、口には猿ぐつわを嚙まされていた。

平林は椎木に近づいた。椎木は目を見開き、激しく頭を横に振った。

うー、うー、と呻いているだけのように聞こえたが、よく見ると、唇が動いていた。

「ううあ……くうあ……」

唇を読み解く。

紗生は目を見開いた。仲間の男に向いて、右手を立てた。指を動かし、手話で内容を伝える。

〝彼は「来るな」と言っている〟

仲間の表情が険しくなった。

〝石黒さんに連絡を〟

そう伝えると、仲間は少し離れ、電話をかけ始めた。

——本部に連絡をしているのか？　お隣の兄さんは？　やめさせろ。おまえらのスマホはすべて切れ。

平林が命じる。

紗生は渋い顔をして、やめるよう右手で指示をした。

仲間の男は、スマホを切るふりをした。そのまま繋ぎ、ポケットに入れ、紗生に近づく。と、平林が言った。

――おいおい、兄さん。オレは切れと言ったんだ。今、しゃべってるスマホは、近くに接続中のスマホがあると干渉してすぐわかるんだ。指示には従ってもらわねえと、こうなる。

平林はフォークを手にした。それを椎木の右二の腕に突き刺した。

椎木は目を剝き、猿ぐつわを嚙みしめ、顎を撥ね上げた。猿ぐつわは硬い金属のようだ。

嚙んだ瞬間、歯が砕け、血がしぶいた。

平林は刺したフォークを捏《こ》ねた。椎木のこめかみから脂汗が噴き出す。

咆吼《ほうこう》が室内にこだました。

――早くしねえと、二度と腕が使えなくなるまで抉るぞ。

「わかった！」

紗生が止める。

「駐車場と裏口の仲間に連絡を入れて」

仲間の男に指示をする。

仲間はすぐに他の仲間に伝えた。そして、自分のスマホの電源を落とした。紗生も電源を切る。

平林がフォークを抜いた。抉れた肉が先端に付いている。傷口からはどろりとした血が溢れ、腕を伝って床に滴った。

椎木は叫び疲れ、ぐったりとうなだれた。

――素直に従え。次はアキレス腱を刻むぞ。

「どうしろというの？」

紗生が問いかける。

――まず、おまえらに知らせておくことがある。

平林は右手で椎木の顎と頬をつかんだ。無理やり顔を上げさせる。

――この猿ぐつわは爆弾だ。

平林の言葉に、紗生と仲間は絶句した。

平林はスマホを引き、部屋全体を映す。椅子の周りや部屋のあちこちに、複数のスイッチのようなものが散らばっている。

――この中に起爆装置が一つ、解除装置が一つある。うまく解除できれば、椎木を連れて行っていい。ただし、起爆装置のスイッチを押せば、椎木だけでなく、おまえらも吹っ飛ぶ。

平林はすでに勝ち誇ったような口調で言う。

——それと、こいつは時限装置な。

平林はスポーツバッグからデジタルタイマーの付いた起爆装置を出し、椎木の股間あたりに置いた。

——こいつは無理やり解除しようとしない方がいい。信号が乱れた瞬間にドン！　だからな。オレが渡したスマホの電源も切っとけよ。簡単に電波が乱れるからな。

平林の笑い声が聞こえた。

紗生は奥歯を嚙んだ。

——一時間やる。最上階だ。

そう言うと、平林はデジタルタイマーのスイッチを入れた。数字が回り、減り始める。

平林はそこで通信を切った。スマホの画面から映像が消える。

「どうします？」

仲間が訊く。

紗生はポケットに手を入れた。スマホを操作しようとする。が、平林が見ているかもしれないと思うと、うかつな行動はできなかった。

紗生はポケットの中でスマホを握り締めた。

「平林から渡されたスマホは、その場に置いて、玄関へ集まるように伝えて」

「わかりました」

仲間はすぐさま走った。

紗生は拳を握り締め、タワーマンションの最上階を見上げた。

4

岳人を乗せた車は、奥多摩の山中を走っていた。林道しかない山間を奥へ進む。

「わかった。仕留めろ」

平林からの報告を受け、岳人は電話でそう指示をし、通話を切った。

内ポケットにスマートフォンをしまい、息をついて、車窓の外を見やる。

暗闇の奥に、ほんのりと明るい場所が見えた。車が近づくにつれ、明かりは強くなってくる。

急に森が開けた。

大きな平家建ての日本家屋が建っている。周囲に塀はなく、原生林が垣根のようになっていた。

玄関前には、複数の車が並んでいた。どれも、徳丸グループの仲間のものだ。

岳人の車が玄関前に到着すると、待っていた部下が後部ドアを開けた。

岳人はゆっくりと降りた。部下が一礼する。

「カレンは？」

「お着きです」

岳人は頷き、中へ入った。

表は日本家屋の佇まいだったが、中はコンクリートの床だった。靴のまま、奥へ進む。

広い室内は、格子状に区切られていた。前後左右に通路があり、ドアが並ぶ。ここには、仲間が寝泊まりする部屋もあれば、食堂やバスルームもある。

一方、拷問部屋や武器庫もある。

外観からは想像できない、要塞のような内部だった。

岳人は網の目のような通路を進み、南の角にあたる部屋の前で立ち止まった。

スマホを出して、ドア横に付いたリーダーにかざす。ロックの外れる音がした。バーを引くとドアが開いた。

十畳ほどのリビングが現われた。カーペット敷きで、簡単な応接セットが置かれている。左手には三つドアがある。岳人専用の書斎と寝室、バスルームだ。

ソファーには、カレンと仁部の姿があった。

カレンはバーボンのボトルを出し、仁部と共に水割りを飲んでいた。つまみもテーブルに置かれている。

カレンが振り向いた。

「おかえりなさい。飲む？」

「ストレートで」

岳人が言うと、カレンは用意していたグラスに少しだけバーボンを注いだ。

岳人は、仁部の対面のソファーに浅く腰かけた。カレンは岳人の前にグラスを置いた。

「お疲れ様です」

グラスを持ち上げる。

仁部は仏頂面で乾杯もせず、水割りを飲み干した。すぐ、カレンが新しい水割りを作る。

岳人は微笑み、バーボンをクッと飲んだ。ひと息ついて、口を開く。

「仁部さん、少々手荒な真似をしてしまいました。申し訳ない」

太腿に手を置いて、軽く頭を下げる。

「どういうことだ?」

仁部は岳人を睨んだ。

「自分が何をしたのか、わかっているのか?」

「もちろんです」

岳人は残ったバーボンを飲み干し、グラスを置いた。カレンがボトルに手を掛ける。岳人は右手のひらを上げ、止めた。

「私をどうするつもりだ!」

つい語気が強くなる。

岳人が仁部を見やった。仁部の眦《まなじり》が引きつる。岳人は微笑みを浮かべた。

「協力していただきたいのです」

「紅い鷹の称号か? あれは神城君が受け継ぐことになった。君たちは組織の一員である以上、称号を得た頭首に従う義務がある。逆らえば、組織を相手にすることになる。逃げられんぞ」

仁部は精いっぱい言葉を並べた。

が、岳人はまったく動じない。

「一つ、お伺いしたいのですが」

「なんだ」

「工藤は生きていますよね？」

　岳人が訊く。

　仁部の黒目が揺れた。岳人がにやりとする。

「我々の情報では、工藤が死ぬ前に、神城に称号を継がせるとの動画を残していて、それを根拠に、神城への委譲が行なわれたという話でしたが」

「その通りだ」

「しかし、それは、神城が工藤をレッドホークで殺したときのみ、有効な話。工藤が生きていれば、神城への委譲は無効となる。そうですね？」

「だとしても、君が称号を得ることはない」

「なぜです？」

「ふざけるな！」

　仁部はテーブルに拳を叩きつけた。グラスやアイスペールが揺れる。

　しかし、岳人もカレンも、ぴくりともしなかった。

「君は自分が何をしたかわかっているのか？　長老を殺し、相談役を誘拐した。こんなことは前代未聞！　組織が許すはずないだろうが！」

「許してほしいと言ったことは一度もありませんよ」

岳人が口角を上げた。笑みは濃くなるが、目は据わる。

仁部の顔が強ばる。

「あなた方が気づいていたかは存じませんが、組織内には、長老が紅い鷹の称号を継いでいることに不満を持っている者も多かったんです。私もその一人です。なぜか、わかりますか？」

「正式な手続きを踏んだわけではないからな」

「そういうことです。長老が元紅い鷹の工藤の父親から正式に受け継いでいれば、問題はなかった。当時の状況に鑑みれば、暫定として、長老が仕切ったのもわかる。ですが、長すぎです。長老は、然るべき後継者が現われるまでと言っていましたが、実質は、正式な継承者ではない長老が組織を牛耳っていたと言えるでしょう。そのことについて、私たちだけでなく、相談役の中にも疑義を唱える方もいらっしゃる」

「相談役に？　誰だ」

「協力していただけるなら、お教えしましょう。ですが、その名を聞けば、仁部さんはもう戻れません。どうします？」

岳人が見据えた。

仁部は目を逸らした。

動揺してはいけないと思うものの、動悸が止まらない。

相談役の中に裏切り者がいるという事実を知ってしまった。無事にここを出ても、その事実を誰に告げればいいのか、わからない。

自分一人で抱えるのは嫌だが、万が一、目測を誤れば、それは即、死に直結する。

しかし、徳丸グループに協力すれば、本体から狙われる。

どっちに転んでも、悪い予測しか立たない。

仁部はグラスを取り、水割りを飲み干した。口辺にあふれた滴を手の甲で拭う。グラスを置いて、握ったまま、大きく呼吸をした。

「そうだ。一つ、お話ししておかなければならないことがありました」

岳人が口を開く。

「もし、私たちに協力していただき、私が天下を取った暁には、仁部さんには永世相談役に就任してもらいます」

「なんだ、それは？」

「私が頭首である限りは、仁部さんのことはお守りしますし、相談役としての報酬として、年三千万円をお支払いします」

「三千万！」

仁部は顔を上げた。

「プラス、別途でブラックカードもご用意させていただきます。相談役としての仕事はありません。残りの人生、自由闊達存分に楽しんでいただければ結構です」

岳人は笑みを向けた。

仁部は思わず喉を鳴らした。破格の好条件だが、組織の頭首となれば、そうした手配も不可能ではなくなる。

「協力いただけないということであれば、それも仕方ないと思っています」

「協力しないとなれば、どうする？」

「お帰りいただきます」

「殺すんじゃないのか？」

「まさか。私が手をくだす必要はありません」

岳人はもたれて、脚を組んだ。

「あなたが誘拐されたことは、すでに、組織上層部に届いている。当然、例の相談役の耳にも入ってます。私がその方に、協力を拒まれたと一報を入れれば、さて、どうなるでしょうね？」

岳人が右手のひらを上に向けた。カレンがグラスにバーボンを注ぎ、手渡す。

岳人はバーボンを含み、舌で転がし、ゆっくりと飲み込んだ。

グラスを置いて、立ち上がる。

「一晩、お考えください。こちらの部屋を使っていただいてかまいませんので、ごゆっくり」

そう言い、一礼して、部屋を出た。

カレンも後に続く。

仁部はうつむいて座ったままだった。

引き戸が閉まり、勝手にロックがかかる。

「落ちるかしら？」

「落ちたも同然だ」

岳人はこともなげに言った。

「おまえが懐柔しろ」

「了解。あ、そうだ。不満を持っている相談役の話、あれ、本当なの？」

カレンが訊く。

岳人はふっと笑い、その場から去った。

カレンは岳人の背を見送り、小さく息をついて、部屋へ戻った。

5

昌悟を乗せたSUVは、館山市を南北に走る県道86号館山白浜線を南下し、途中、神余地区に入ると右折し、里山の林道を上がっていった。

南東五キロほどのところには、野島埼灯台がある。昼間は往来する車も多い場所だが、日が暮れると人影もなくなり、対向車もほとんどいなくなる。

山中はさらに暗く、SUVのヘッドライトが揺れるだけだった。

尾行していた神城グループの三人は、林道に入る手前の路肩に車を停めた。

後部座席に乗っていた男がスマートフォンを出す。

「……もしもし、佐藤です。やはり、神余のアジトでした。はい……はい。わかりました」

佐藤は電話を切ると、運転手に指示をした。

「SUVを追うが、中には入るなとのことだ。スモールランプだけにして、距離を取って、追尾しろ」

「わかりました」

神城グループの三人を乗せた車は、林道にフロントを向けた。

6

紗生は、玄関口に仲間を集め、対処を検討していた。

タイムレースは始まっている。もうすぐ残り五十分を切るところだ。

「どうします、水鳥さん」

仲間の男が焦れた様子で訊く。

紗生は判断に迷っていた。

徳丸昌悟なら、仲間を助け出そうとする敵をからかい、このようなゲームを仕掛けることはあるだろうと思う。

が、岳人がこのような酔狂を楽しむとは思えない。

しかも、今は組織から追われている身。敵、特に椎木のような強い者は、一人でも多く潰しておきたいはずだ。

これまで生かしていたのは、なんらかの情報を引き出そうとしたのだろうと察する。しかし、情報源としての価値を失った今、岳人の選択肢は〝殺す〟の一択しかありえないと感じる。

何を狙っているの……?

他の仲間も急かす。

「水鳥さん!」

考えていても時間が過ぎるだけだ。が、軽率に動くと、面倒な事態が待っている気もする。

気が張っている時ほど、こうした予感が的中することを、紗生は経験則で知っていた。

どうしたものか……。

悩んでいると、目に光が飛び込んできた。眩しくて目を細める。顔を上げ、周囲を見た。

と、再び、ライトの明かりが紗生の目を捉えた。その光の筋が足下に移動する。紗生は光を目で追った。

すると、足下で点滅し始めた。長かったり短かったり。不規則に、しかし意図的に点滅を繰り返す。

モールスか。

紗生は腕組みをして考え込むふりをしつつ、足下の信号を見つめた。

シヨウゴ　カクホニウゴク
手配できたのね。紗生は内心ほくそ笑んだ。

大きく頷いて信号を送ってきた相手にサインを送り、腕を解いて顔を上げた。

「みんな」

呼び集め、円陣を組ませる。

「これから、突入するよ」

紗生は口ではそう言いながら、仲間の視線を右手のひらに向けさせ、手話で、モールス信号で送られてきたメッセージを伝えた。

仲間が頷く。

「玄関に一人残って、外部からの敵を阻止。ロビーに一人残り、出てきた敵を捕捉。連絡は取れるようにしていて。残りの二人は私と共に椎木の救出に向かう。いいね？」

「了解！」

仲間の声が響く。

紗生は仲間二人を連れ、エレベーターホールへ急いだ。

平林は、神城グループの者がいなくなった後、駐車場に出て、自分のSUVの後部座席に乗り込んだ。

フィルムを貼った窓をさらにサンシェードで隠し、外から見えないようにして、ノートパソコンを太腿に置いて開いた。

繋いだままにしている監視カメラの映像が四分割画面に表示される。

「やっと、動き出したか」

平林はモニターを見つめた。

水鳥紗生の慎重さには感心した。

普通、タイムレースを仕掛けられれば、あわてて動き出すものだ。が、紗生は十分以上、警戒し、動かなかった。

喫緊の状況で、ここまで冷静な判断を絞り込める者は、殺し屋の中にもそういない。

「惜しい人材だが、仕方ないな」

呟き、スポーツバッグから起爆スイッチを出す。

「これで終わりだ」

にやりとし、スイッチを傍らに置いた。

7

昌悟はバックミラーで後ろを見た。

「連中、遅えな……」

尾行してきた車の影が見えないことに、違和感を覚える。

「少し離れていますが、尾けてきてますよ。ヘッドライトを落として、スモールライトにしているだけです」

運転している男が言う。

「おい、こっちの連中に連絡してみろ」

昌悟は助手席の男に言った。

男はスマートフォンを出し、この奥のアジトで待機している仲間の一人のスマホに電話してみた。

「……木部だ。準備は？　うん……うん。わかった。もうすぐ、獲物三匹を連れて、そこへ入る。そのまま待機してろ」

簡単に話し、電話を切った。

「昌悟さん。準備は整っているそうです」

「そうか。なら、いいが……」

昌悟はシートに深くもたれ、腕組みをした。

嫌な感じがする。

尾行してきた車が少し遅れただけだ。が、その〝少し〟というわずかなズレが、昌悟の中の勘をざわつかせていた。

林道を進むと、闇にうっすらと建屋の影が現われた。SUVのヘッドライトが錆びついた入口を照らす。

運転手が手前で車を停めた。

ヘッドライトを数回、パッシングする。観音開きの入口が開いた。

SUVはゆっくりと中へ入っていった。

運転手と助手席にいる木部は、たいして気にしている様子を見せない。

予定通りだからだ。

昌悟たちは、この廃倉庫に尾行してきている神城グループの男たちを誘い込み、捕らえる予定だった。

倉庫の周囲と中には、すでに仲間が十名近く待機している。まんまと火に入った虫を捕らえて、情報を聞き出した後に殺すだけの簡単なミッションだ。

が、入口に近づくほど、昌悟の違和感が強くなる。暗闇に視線を向ける。

人の気配はある。しかし、闇からの視線に友好的な感じはしない。むしろ、殺気立っている。

「あいつら、あわてやがんな」

運転手の男が呟き、バックミラーに目を向けた。昌悟もバックミラーを覗き見た。

後ろから、尾行してきた車がみるみる近づいてくる。

「バックしろ！」

昌悟が怒鳴った。

前席にいた二人がびくっとし、身を竦ませる。

「どうしたんですか、昌悟さん！」

木部が後ろを見やる。

「いいから、バックして、ここから離脱しろ！」

昌悟は身を乗り出し、運転手を睨みつけた。

運転手はブレーキを踏んで、すぐさまギアをRに入れた。アクセルを踏み込もうとする。

瞬間、車が衝撃で揺れた。

尾行してきた車が、昌悟たちのSUVに追突してきたのだ。山中に激しい衝突音が響いた。

車はSUVを押し込んだ。運転手がアクセルを踏む。しかし、弾かれた瞬間、後部が浮き上がり、後輪駆動のタイヤは空回りしていた。

そのまま倉庫内に押し込まれる。

運転手は素早くギアをDに入れ替え、四輪駆動のスイッチを入れて、アクセルを踏み込んだ。

SUVが勢いよく、前方へ飛び出す。そのまま壁を突き破るつもりだった。

スキール音が倉庫内に響き、白煙が上がる。壁を突き破った先は道なき森だ。が、背後を塞がれた今、前へ進むしかない。

SUVが加速し始めた時だった。

右側からピックアップトラックが突っ込んできた。消灯していたため、運転手の認識が遅れた。

ハンドルを切り損ねる。ピックアップトラックが、SUVの右側に突っ込んだ。

SUVが浮き上がった。宙で半回転し、天井から地面に落ちる。ガラスが砕け散り、SUVはそこから一回転し、逆さのまま止まった。タイヤが空回りする。

倉庫の明かりが点いた。ＳＵＶの周りを、二十名を超える男たちが取り囲んでいた。

運転手の男はひしゃげたドアとエアバッグに挟まれ、頭と口から血を流し、意識を失っていた。助手席の男も額から血を流し、エアバッグに顔を預け、呻いている。

「昌悟を引きずり出せ」

男たちの少し後ろにいる男が言った。石黒だった。

男三人が、ＳＵＶの後部ドアをこじ開ける。一人が、中でひっくり返っていた昌悟の襟首に手を伸ばした。

瞬間、昌悟はその手首をつかんだ。引き寄せると同時に後ろに蹴りを放つ。

男が吹っ飛んだ。少し後ろにいた他の二人も、飛んできた仲間を受け止め、よろよろと後退する。

中から昌悟が躍り出た。目に映った影に拳を振るう。

不意に攻められた男は避けられず、右頬にフックを喰らった。血を吐き出し、横に吹っ飛ぶ。

昌悟の周りに男たちが集まる。昌悟は太い腕を振り回した。強烈な拳や肘が、男たちをガードの上からぶっ叩く。

ヒグマが暴れているようだ。

男たちは距離を取り、円形に囲みながら、じりじりと迫っては昌悟を襲った。

昌悟はとにかく、目の端に映る影と気配に向け、拳と蹴りを繰り出した。

ナイフを持っている者もいた。切っ先が服を切り裂き、肉を抉る。しかし、興奮している昌悟は痛みを感じていなかった。

背後から気配が迫った。昌悟は真後ろに蹴りを放った。男が蹴りを喰らい、弾き飛ばされ転がった。

出入口への道が開いた。

昌悟はそこへ向かって駆けだした。

と、目の前に覇気をまとった男が立ちふさがった。石黒だ。

ぞくっとする。昌悟は足を止めると同時に、ロシアンフックを放った。

石黒は身を沈めた。同時に、昌悟の右腕を掠めるように、左フックを打ち下ろした。

避けられなかった。

強烈な拳が、昌悟の右の頬の下部を打ち抜いた。顎を引いて、首に力を入れた。が、顎先が折れ曲がり、脳が揺れた。

しまった……！

昌悟の左膝が落ちた。立ち上がろうとする。しかし、神経伝達を瞬断され、体は言うことを聞かず、よろけ崩れた。

男たちが一気に襲いかかった。

昌悟をうつぶせにねじ伏せ、両腕を背中にねじり、手首をプラスチック・カフで拘束した。両足首も同様に束縛される。

さらに、手首と足首の間にワイヤーを通され、手足がくっつくほど搾り上げられ、エビ反り状態で、両手足の関節にかかるよう、ワイヤーで縛られた。

昌悟は肩をつかまれ、起こされた。ブックスタンドのような形で膝立ちする。額が割れた昌悟の顔は、血まみれだった。

石黒は、昌悟の前に立った。

「それだけ傷ついていても、うちの仲間を何人かやった。違和感を覚え、とっさに逃げようとしたところも、さすがだな」

「あんたまで出張ってたのか。まいったな……。やっぱ、勘は信じなきゃいけねえな」

昌悟が笑みを浮かべる。

「なぜ、ここがわかった?」

石黒を見上げる。

「徳丸グループの力は認めるが、組織本体の力を舐めてもらっちゃ困る。おまえらの仲間を捕まえて吐かせた。ここへ俺たちの仲間を誘い込んで、捕らえ、殺すつもりだったようだが、おまえらの仲間は全員、こっちが捕まえた。最後まで逆らった者は死んだがな。ほとんどの連中は、おまえらの行動を吐いた」

「どいつもこいつも、使えねえな……」

「殺し屋とて、最後は自分の生死を考える。特に、おまえらのような寄せ集めだと、最後に寝返る連中も出てくる。強いだけじゃ務まらんのが、俺たちの仕事だ」

石黒は話しながら、スマートフォンを取り出した。

「これは、ここを仕切っていたおまえらの仲間のスマホだ。取引をする」

「取引？」

「おまえと椎木の交換だ」

そう言い、石黒はビデオ通話のアプリを起ち上げた。

8

紗生は仲間二人とともに、最上階のフロアに到達した。

周囲を警戒しつつ、通路を進む。

最上階は、一世帯分の部屋しかなかった。通路の奥に格子柵に仕切られたポーチがある。三人はそこまで走った。

柵は開いていた。中へ入り、奥のドアに手をかける。バーを引くと、ドアは開いた。

紗生は仲間二人と目を合わせて頷き、ドアを開け、玄関へ侵入した。

廊下をゆっくりと奥へ進む。敵の気配はない。仲間の男は、廊下の左右にあるドアを開き、中を確かめた。

誰もいない。荷物も少ない。

一人が食堂を見つけ、中へ入った。そのまま厨房を調べに行く。

突き当たりまで進む。リビングと思われるドアの横に通路があった。左奥へと続いている。

紗生はリビングを指さし、仲間に調べるよう、指示をした。自分は、左の通路を進む。

コンクリートに囲まれた通路は、迷路のようにジグザグに折れていた。奥へ進むと、分厚いドアが現われた。

少し開いている。その隙間から呻き声が聞こえた。慎重にドアを開け、中を覗く。

部屋の真ん中に人がいた。椅子に縛られ、ぐったりとしている。椎木だった。

紗生は神経を尖らせつつ、中へ入った。

コンクリート壁の殺風景な部屋に、椎木の呻きと換気の音が響く。椎木は気配に気づき、顔を起こした。

紗生は椎木に駆け寄った。

「大丈夫？」

椎木に訊く。椎木は少しだけ、力ない笑みを浮かべた。太腿に置かれたタイマーは、残り四十分を切ろうとしていた。

他の仲間二人も、監禁部屋に入ってきた。

「水鳥さん、リビングにも食堂にも他の部屋にも、敵はいませんでした」

「一応、敵が侵入できないよう、玄関は閉めてきました」

二人がそれぞれに報告する。

「必ず助けるから、もう少し待って」

紗生が言う。

と、椎木は顔を横に振った。紗生たちに、出て行けと顎を振る。

紗生は微笑んだ。

「心配しないで。徳丸昌悟をまもなく捕らえる」

紗生の言葉に、椎木は目を見開いた。

「昌悟とあなたを交換する。彼はグループの中核の一人。岳人も殺せないわ」

紗生がにやりとする。

椎木は呻いた。顔を後ろに振る。紗生は縛られた手を見た。

椎木は指を動かした。

〝岳人はそんなに甘くない。身内といえど、不利と感じれば切り捨てる〟

椎木が言う。

「計算の話よ。昌悟は徳丸グループの中にある武闘派の長。彼が死ねば、その一派から離脱者が出る。それは徳丸グループの減衰に繋がること。岳人にとって、昌悟を失うことの方がマイナスよ。損得勘定で考えても、あなたと交換する方が得策。石黒さんが直接、交渉すると思うの。その交渉がまとまれば、リスクを冒して解除しなくても、これが爆発することはない」

紗生は猿轡を指で指した。

「だから、もう少し我慢して。必ず、助かるから」

紗生は微笑んだ。

「私は石黒さんからの連絡待ちで、ポーチで待機してる。あなたたちは、可能な限り、椎木の傷の手当てをして。リスクは冒さないように」

「わかりました」

二人が同時に首肯する。

紗生は急いで、玄関を出た。


「マジか……」

車の中で部屋の様子を監視していた平林は、目を見開いた。

昌悟が捕まるとは思わないが、本当であれば、大変な事態だ。

確認しようと、スマートフォンを出した。

と、スマホが鳴った。ビデオ通話のサインが出る。平林はアイコンをタップした。

映像が映った。

平林はさらに目を見開いた。

画面に映ったのは、拘束され、血だらけで、男たちに囲まれている昌悟の姿だった。

紗生がスマートフォンの電源を入れると、すぐにスマホが震えた。

ビデオ通話のアイコンが表示される。すぐにタップする。

拘束された昌悟の姿が映った。

紗生は笑みを浮かべ、画面を見据えた。

9

岳人は、寝室として使っている部屋のベッドに座り、スマートフォンを握っていた。隣にはカレンがいて、岳人の手元を覗き込んでいる。

「平林、繫がったか?」

——はい。

平林は自分の顔をカメラで映し、返事をした。

石黒は、椎木が監禁されているマンションを監視している者に繫げと命じた。岳人はそれに従い、平林にビデオ通話を繫いだ。

——こっちも繫がった。

石黒が言う。水鳥紗生とビデオ通話がつながったという意味だ。

これで、椎木に関わっている者たちとの同時通話が可能になった。

石黒は、自分の顔を映した。

——さて、岳人。話は単純だ。椎木に嚙ませた爆弾を解除し、解放しろ。代わりに、おまえの弟を解放する。

石黒は話し、昌悟にカメラを向ける。

昌悟の後頭部には、銃が突きつけられていた。指は引き金にかかっている。

カレンの表情が強ばった。が、岳人は変わらない表情で画面を見つめていた。

「昌悟と話をさせてもらってもいいか？」

岳人が言う。

——好きにしろ。

石黒はスマートフォンを昌悟に近づけた。昌悟の顔が大写しになる。

——すまねえ、兄貴。しくじった。

片笑みを覗かせる。

「本体の力を見くびった俺のミスだ」

岳人が言う。

「そこには、誰が何人いる？」

——石黒とおそらく神城グループの連中だろうが、二十人以上いる。

「強いか?」

——ああ、さすがに神城は強え。

「そうか。潰しておくべき連中だな」

——だな。特に、石黒は生かしちゃおけねえな。神城のナンバー2だ。

「殺れるか?」

——もちろんだ。

昌悟は笑みを濃くした。

「昌悟、さらばだ」

岳人も笑みを返し、石黒との通話を一方的に切った。

「平林、殺れ」

岳人は言い、すべての通話を断った。

大きく息をつき、スマホを握ったまま天を仰ぎ、目をつむる。

カレンは岳人を抱き、肩に顔を預けた。

10

石黒は突然切れたスマートフォンを見据えた。

「岳人！」

叫ぶが、画面はすでに暗くなっている。

昌悟は笑いだした。

「石黒！　てめえらもすげえが、徳丸を舐めるな」

「何もできんだろうが！」

「さあ、どうかな？　ナンバー2を道連れってのは悪くねえ。殺れ！」

昌悟が怒鳴る。声が倉庫に反響する。

石黒や仲間たちは、周りを見回した。捕らえられなかった敵が攻めてくると思ったからだ。が、動きはない。

「てめえ！　舐めんじゃねえぞ！」

背後で銃を握っていた男が、銃口を押しつける。

「ビビってんのか？」

肩越しに嘲笑を向ける。

「なんだと？」

男は気色ばみ、引き金を絞ろうとした。

「落ち着け！」

石黒が止めた。

「外を見てこい！」

石黒が命じると、仲間数人が倉庫から駆けだした。

「おまえら、何を考えてるんだ？」

昌悟を睨む。

「命の交換だ」

昌悟は見返した。

神城グループの男たちが右往左往する中、助手席にいた木部は、震える腕を伸ばしていた。

グローブボックスを開き、スイッチを取り出す。それをシガーソケットに差し込んだ。

周囲を見回していた石黒は、その動きに気づいた。目が強ばる。

「車だ！」

叫んだ。仲間が駆け寄る。

木部がシガーソケットを押し込んだ。

瞬間、ＳＵＶから閃光がほとばしった。

笑みを浮かべた昌悟と顔をひきつらせた石黒が、一瞬にして白い光に包まれた。

凄まじい爆発が起こった。地面が鳴動する。

砕け散った車の破片が、立っていた男たちを襲う。爆風と炎が男たちをなぎ倒し、天井を吹き飛ばした。

破片でずたずたに切り裂かれた肉片が四散し、炎にまかれた男がもんどり打つ。

アジトは阿鼻叫喚の地獄絵図と化した。

11

紗生はビデオ通話を見て、蒼白になった。

すぐさま階下の仲間に連絡を入れる。平林の映像から、車の中にいると見た。

仲間が電話に出る。

「駐車場か近辺の車に敵がいる！　捜し出して、殺して！」

そう叫び、玄関ドアに手をかけた。

開こうとした。

瞬間、フロアが揺れた。

紗生は腰を落とした。

と、爆発音とともに、玄関ドアが吹き飛ばされた。

紗生はドアと共に通路の壁にぶち当たった。背をしたたかに打ちつけ、その場に尻から落ちる。熱風で髪の毛が焼ける。

部屋からは炎が噴き出していた。

「椎木さん！」

ドアを押しのけ、立ち上がろうとする。左脚に激痛が走った。膝から下が反対に曲がっている。

再び、爆発が起こった。

炎が廊下を伝って迫ってきた。

紗生は床に伏せた。火の塊が紗生の全身を包んだ。熱せられた瓦礫が体に突き刺さる。

「椎木……さん……」

紗生はそのまま意識を失った。

階下で車を探すべくマンションを出た紗生の仲間の男は、鳴動に足を止めた。

頭上を見上げる。

最上階から炎が噴き出した。砕けたガラスや室内のインテリアが舞い落ちてくる。

男は急いで、建物の陰に隠れた。

通行人が、ガラス片の雨を浴び、血まみれで路上に倒れる。落ちてきた火だるまのソファーが走っていた車のフロントガラスを突き破る。

コントロールを失った車は、対向車線の車に正面衝突した。その後ろから来た車が停まれず、事故車に乗り上げ、宙を舞う。

飛んだ車は、車道沿いにあるカフェに突っ込み、火を噴いた。

現場は一瞬にして、凄惨な状況と化した。

「なんてことだ……」

男はすぐ、神城に連絡を入れた。

12

神城は、工藤を平塚の海沿いにある別荘に運んだ。片側は海に接していて、三方は庭に囲まれている。

庭には、神城グループの精鋭を二名ずつ、計六名を配置していた。

神城は、組織の息がかかった医師を随行させ、工藤の治療にあたるよう手配をした。看護は亜香里が引き受ける。

工藤は海が一望できる部屋のベッドに寝かされた。

「ここでいいんだな？」

神城が訊く。

「はい。潮風を感じれば、雅彦さんも目を覚ますかもしれないから」

亜香里はベッドの脇の椅子に座り、工藤を見つめた。

「目が覚めた時、すべてが終わってるといいんだけど……」

「そうなるよう、組織をあげて、徳丸を潰す」

神城が言う。

電話が鳴った。神城はスマートフォンを出し、少しベッドから離れた。

普段、連絡がない仲間からだった。

電話に出た。

「俺だ……なんだと!」

思わず、声が大きくなる。

タワーマンションで、椎木が嚙まされた爆弾が爆発したという連絡だった。

亜香里の表情にも緊張が走る。

「椎木は? 水鳥は?」

神城が訊く。

男は生死の状況はわからないという。

話していると、キャッチホンが入った。

「ちょっと待て!」

すぐさま、割り込み電話に出る。

「どうした! なんだって!」

神城の声がさらに大きくなる。

亜香里は思わず、工藤の手を握る。

「石黒は！　無事なのか！」

神城は声を張り上げた。

亜香里は腰を浮かせた。

神城の動揺を見るに、想定を超える事態が起こっているのはあきらかだ。

亜香里の手に力がこもる。緊迫した空気が伝わる。いつもと違う気配に恐ろしさを覚え、指先が震えた。

と、その手が握り返された。

亜香里は手元を見た。

「雅彦さん！」

両手で握る。

工藤は、亜香里が力を入れるたびに、その手を握り返してきた。

「雅彦さん！　雅彦さん！」

何度も呼びかける。

すると、工藤がかすかに呻いた。二度、三度、眉間に皺が立ち、やがてゆっくりと目を開いた。

「亜香里……」

掠れた声で言った。

「雅彦さん……」

亜香里の瞳からぽろっと涙粒が溢れた。

「神城さん！　雅彦さんが！」

亜香里が叫ぶ。

神城が駆け寄ってきた。

「やっと、目を覚ましたか」

神城は一瞬笑顔を向けたが、すぐ険しい顔に戻った。

「川瀬。工藤を頼む」

「何があったんですか？」

「詳しいことは後で話す。俺は戻らねばならない。工藤、早く回復しろ」

そう言うと、神城は部屋を飛び出した。

「亜香里……何が……？」

工藤が訊く。

亜香里は笑みを浮かべた。

「大丈夫」

そう言い、工藤の手を強く握りしめた。

第5章

1

カレンは、岳人の肩に顔をうずめ、声を押し殺して泣いていた。

天井を見つめていた岳人はゆっくりと顔を下ろし、カレンを見つめた。

「泣くことはない」

カレンの頭を優しく撫でる。

「だって……」

カレンの声が掠れる。

「こうなることもまた、織り込み済みだ」

「悲しくないの？」

カレンが顔を上げ、岳人の横顔を見つめる。

「俺たちは、もっと深い悲しみを越えてきた」

岳人は宙を見つめた。


岳人と昌悟は、世田谷区の一軒家で、裕福な家庭の子供として育っていた。

父は製薬会社に勤める新薬の研究者で、癌の治療薬の開発に取り組んでいた。母は着付けの先生で、自宅の一角をワークスペースにして、教室を開いていた。

岳人は幼い頃から聡明で、尊敬する父の跡を継ぐべく、医療の世界へ進もうと勉強に精を出していた。

昌悟は、勉強はもう一つだったが、類まれなる身体能力を持っていた。

岳人と昌悟は、心身鍛錬の一環として、近所のジムでキックボクシングを習っていた。

岳人は天性のセンスで着実に力を伸ばしていた。昌悟に至っては、ジムに所属して間もなく、会長が将来を嘱望するほどの実力を見せた。

二人ともプロになる気はなかったが、ジムの中で岳人と昌悟は、他を寄せ付けないほどの力を見せ、圧倒していた。

両親は、それぞれに個性を発揮し、たくましく育っていく息子たちを誇りに思い、子供たちはその両親の期待に応えようとがんばっていた。

忙しい父も、たまの休日には車でいろんなところに連れて行ってくれた。

ある種、絵に描いたような幸福な家庭だった。

その幸せが一変したのは、岳人が小学校五年生、昌悟が小二の時だった。

黒いつなぎを着た男が、突如、深夜の徳丸家に侵入してきた。

男は、庭先のサッシのガラスを割り、鍵を開けた。

中学受験に向け、遅くまで勉強していた岳人は、そのわずかな物音に気づいた。

気になって、部屋を出た。足音を忍ばせ、暗い廊下を階段の方へ進むと、下から人の気配が上がってきた。

怖くなり、昌悟の部屋へとっさに入り、身を隠した。ドアを少しだけ開け、廊下の様子を覗く。

黒い影が廊下に差した。

侵入者を認め、岳人はドアの陰で怖くて震えた。声を上げないようにするのが精いっぱいだ。

侵入者はドアの前で一度立ち止まった。

岳人は胸と口を押さえた。心臓が乱れ打つ太鼓のように鳴った。息を止め、呼吸音も漏らさないよう我慢した。

侵入者はそのまま奥へ進んだ。

ドアを開ける音がした。

侵入者の影が廊下から消えた。岳人は口から手を離し、大きく息を継いだ。

昌悟が寝返りを打ち、声を漏らした。

岳人はベッドへ走った。飛び乗って、昌悟の口をふさぐ。

驚いた昌悟がもがいて声を出そうとする。

「しっ」

岳人は昌悟を睨んだ。

その時、空気を裂く音が聞こえた。かすかな呻き声も聞こえる。

何の音か、わからなかった。が、何かが起こっていることはすぐに理解した。

音に気を取られ、岳人の手が弛んだ。瞬間、昌悟が大声を上げて泣き出した。

岳人は昌悟をベッドから引きずり下ろした。

「昌悟！　隠れろ！」

ベッドの下に蹴り入れる。

すぐさま、昌悟の机の横にあったバットを手にした。子供用だが木製の硬いものだ。

岳人はドア脇の壁に背を当て、バットを両手で握り締めた。息を殺して、侵入者を待つ。

侵入者が部屋から出てきて、廊下を歩き出した。足音が近づいてくる。

殺される……。

子供心に身の危険を感じた。

このまま過ぎてくれればいい。が、もし、この部屋に踏み込まれれば、自分も昌悟も助からない。

なら、昌悟だけでも助けたい。

岳人はガタガタと震えていた。今にも叫び出しそうな恐怖をねじ込む。知らぬ間に、涙があふれる。

それでも、自分がやるしかない。

少し開いたドアの向こうに、侵入者の影が差した。

岳人は意を決して飛び出した。バットを振り上げ、叫びながら向かっていく。

侵入者は足を止めた。ヘルメットを被っていた。右手には黒く光る塊を握っていた。

侵入者が右腕を上げた。

空気が震えた。

バットの先に何かが当たった。木片が飛散し、衝撃でバットが後ろに飛ばされた。回転して廊下に落ち、カランカランと音を立てて転がる。

素手になった岳人を、そびえ立つ影が見下ろす。銃口は、岳人の眉間に向いていた。

岳人はあまりの恐怖に立ち尽くした。失禁し、尿が床を濡らす。

と、部屋から昌悟が出てきた。

「兄ちゃんをいじめるな！」

走ってきて、男の太腿を蹴った。

が、男はびくともしない。

左手のひらで、昌悟に平手打ちを喰らわせた。吹っ飛んだ昌悟は、壁にあたり、そのまま前のめりに倒れた。

「昌悟！」

岳人は拳を握った。

男との間合いを素早く詰め、右のハイキックを放った。男は顔を左に傾け、ヘルメットで蹴りを受け止めた。岳人の足首を左手でつかむ。

岳人は左脚で地を蹴り、飛び上がった。そのまま下から膝蹴りを喰らわそうとする。

男が頭を振った。

ヘルメットが岳人の顔面を打った。同時に、右脚を離す。

岳人は背中から落ちた。したたかに背を打ち、息を詰める。鼻腔から血が噴き出していた。

男は再び、銃口を向けた。

「いいセンスをしているな。これ以上は逆らうな。俺は子供は殺したくないんだ」

そう言い、引き金を引く。

銃弾が岳人の股間の手前の廊下に食い込んだ。岳人は色を失い、動けなくなった。

ヘルメットの奥に覗く男の口元に笑みが浮かんだ。銃口を下げ、岳人の脇を歩き過ぎ、階段を降りていく。

そして、玄関ドアが開閉する音が聞こえた。

静かになった。

岳人は男を追いかけたかった。が、男が家から姿を消した途端、震えが止まらなくなった。涙がとめどなくあふれ、再び漏らした。

怒りと恐怖が激しく混ざり合い、体の中が壊れたような感じがしていた。心も思考も混乱を極めていた。

その時、昌悟が呻いた。

岳人の意識が現実に戻った。

「昌悟！」

這い寄り、抱き起こす。

と、昌悟は火がついたように泣き出した。殴られた口と倒れた時、床にぶつけた額から血が出ていた。

「大丈夫、大丈夫」

抱きしめて、袖で血を拭う。

「お母さーん！」

昌悟が泣き叫ぶ。

が、寝室で人の動く気配はない。

岳人は寝室のドアを見つめた。立ち上がって、走り出す。ドアを開け、明かりを点け、中へ駆け込んだ。

ベッド脇に駆け寄った瞬間、岳人は立ちすくんだ。

父は仰向けになって宙を睨み、母はうつぶせでシーツを見つめている。二人とも血まみれで、母が選んだ花柄のシーツは、どす黒い血に染まっていた。

枕や布団は裂け、羽毛が父と母の周りに飛散している。掛け布団は反対側のベッド下に落ちていた。

「お母さん！」

昌悟が泣きながら入ってきた。二人のベッドに駆け寄ろうとする。

岳人はとっさに昌悟の腕をつかんだ。引き寄せ、ベッドに背を向けさせて抱きしめる。

「何すんだよ！　お母さん！　兄ちゃんが嫌なことする！」

昌悟は岳人の腕の中で暴れる。

「見ちゃダメだ！」

岳人は必死に抱きしめた。

「お母さん！　お母さん！」

昌悟は暴れて、岳人の股間を殴った。

たまらず、岳人が腕を弛める。その隙に昌悟は腕から抜け出し、ベッドに飛び乗った。

「お母さん！　なんか知らない人に殴られたよ！　お母さん！　お母さん！」

昌悟は抱きつき、母を揺さぶった。その頰や手に、血がべっとりと付く。

「お母さん、起きてよ！　お母さん！」

昌悟は母の死に気づかぬまま、まとわりついている。

岳人は両手の拳を握った。唇を嚙みしめ、うつむく。

あの時、自分が勇気を出して侵入者の前に立ちふさがっていれば、二人とも、せめて父か母は生きていられたかもしれない。

自分に勇気と力がなかったばかりに……。

岳人は涙が止まらなくなった。

「ねえ、お母さん、起きてよ。起きてよー！」

昌悟の声が血なまぐさい部屋に響く。

岳人は、昌悟の声を聞き、両親の血の臭いを嗅ぎながら、涙が涸れるまで泣き続けた。


両親亡き後、二人は児童養護施設に入所した。

そこでの生活は過酷だった。

元々、セレブな生活をしていた二人は、他の不遇を受けた子供たちから格好の標的にされた。

岳人は相手にするつもりもなかったが、昌悟は反抗しては袋叩きにあった。岳人は弟を守るため、望まぬ戦いに身を投じた。

二人は元々強い。岳人と昌悟が共闘すると、ほとんどの者は手を出せなくなった。

岳人は自分たちが生きやすくするため、ねじ伏せた者たちを仲間にし、組織を作った。この時の組織が、徳丸グループの原型だ。

二人は大きくなるにつれ、腕力と知力を増していった。

大きな転機となったのは、岳人が高校二年生の時だ。

両親を殺した者の捜査は難航していた。

初めは、私怨によるものとみられていたが、捜査が進むにつれ、父が製薬特許に関係する問題に巻き込まれていたことがわかった。

さらに、父の研究データを、競合他社が手に入れようとしていたこともわかり、父がそれをかたくなに拒んでいたこともわかってきた。

父が殺された後、父が研究していた新薬のデータは競合する複数の会社に流出し、現在も開発と特許取得の争いが続いている。

捜査過程は、逐一、担当刑事から聞かされていた。

その中で、競合相手が雇った殺し屋かもしれないという言葉が出た。

殺し屋のことはマンガや映画、小説の中の存在としては知っている。しかし、現実味のない存在でもある。

刑事はあくまで可能性の一つとして話していたが、殺し屋という言葉を聞いた時、侵入者の記憶が鮮明によみがえった。

子供は殺したくない。侵入者は落ち着いた声でそう言った。

ゾッとした。同時に、殺し屋が犯人であれば、両親を殺した者は永遠に逃げ果せるだろうとも感じた。

それだけは許せない。

仇討《かたきうち》の念はある。だが、それ以上に、両親を殺した何者かが捕まらない限り、自分の中にある怒りや恐怖、懺悔《ざんげ》の念は消えない。

胸の奥によどんだ澱《おり》を流さなければ、未来を生きていけない。

岳人は大学受験の勉強をする傍ら、殺し屋についての情報を集めることにした。

幸い、キックボクシングをしていた頃の知り合いや、児童養護施設で手下に置いた者たちに、裏社会の情報に通じている者もいた。

岳人は彼らから情報を集め、どうすれば、組織にたどり着き、殺し屋を見つけ出せるのかを模索した。

調査し、情報を精査すること一年、岳人は一つの結論に行きついた。

殺し屋の組織の実態は、正確にはつかめない。

彼らに接触する方法は、ただ一つ。自分たちが殺しを請け負い、相手からコンタクトを取らせるしかない。

岳人は大学進学をやめた。昌悟も、兄の決意を知り、中学卒業と同時に岳人と行動を共にすることに決めた。

岳人は自分たちについてくる者をまとめ上げ、殺し屋組織〈徳丸グループ〉を起ち上げた。


依頼は裏のサイトで受け付けた。

初めて依頼が入ったのは、サイトを起ち上げて三カ月が経った頃だった。

娘に付きまとうストーカー男を殺してほしいという依頼だった。

ターゲットは、依頼者の娘と同じ一流企業で部長職に就く四十代後半の中年男性で、柔道や剣道といった武道のたしなみもある男だ。妻子もいて、荒川区に立派な家も持っている。周囲の評判もいい。

一方で、女性関係についてはたびたび問題を起こしていたようだ。そのたびに、会社の総務部を通じ、示談で話を付けていた。

ただ、今回は執着が度を越していた。

社内では打ち合わせと称して二人きりになることを強制され、仕事の接待に付き合わされた後は、必ず求められるという。

彼女は再三、総務部に訴えているが、そのたびに揉み消される。また、彼女が訴えたことを知ると恫喝し、精神的に疲れて休むと、借りているマンションにまで来るようになったという。

さすがに嫌になり、彼女は会社を辞め、男を告発した。

男はそのことに憤慨し、両親や兄弟にまで脅しをかけているという。

裏を取るほどに、クズのような男なので、殺すことに罪悪感はなかった。

ただ、何も関係のない人間を殺すというのは、思ったより難しい。

まして、仕事として受けた場合、そこにあるのは金銭のやり取りのみで、私情を挟めば、それはただの人殺しとなってしまう。

岳人は、初めての仕事は、自分と昌悟だけでやることを決めた。

もし、どちらかが、もしくは二人が違和感を覚えたら、この方法はあきらめようと思っていた。

それから数日後、決行の時を迎えた。

男は、会社から出た後、必ず近くの人気《ひとけ》のない公園へ向かう。そこで、的にかけている女性に電話をしたり、しつこくメールやＬＩＮＥを送ったりするためだ。

やましい行為だということは自分でもわかっているからか、その時だけは人目につかない場所に向かう。

岳人は、男がよく現われる場所で待機した。昌悟は男が会社を出た時から、尾行していた。互いにメッセージでやりとりをする。

男が岳人のいる場所に姿を見せた。岳人は木の幹に身を隠した。

男は周囲を確かめ、少し開けたスペースの奥にあるベンチに座った。

昌悟はそのスペースの手前の歩道で、足を止めた。人がいないことを確認し、メッセージを送る。

岳人は足音を忍ばせ、男の背後に忍び寄った。手袋をした両手にはワイヤーを握っていた。

ベンチの真後ろに来た。岳人は草むらから飛び出し、ワイヤーを首にかけようとした。

が、男は物音に気づき、立ち上がった。

ワイヤーはかからず、空を切った。

「なんだ、おまえは！」

男が振り向いて怒鳴る。

昌悟が躍り出た。一直線に男の背後に駆け寄り、右のハイキックを放った。

脛が後頭部を捉えた。男は前のめりになり、ベンチに突っ込んだ。

岳人は背もたれを乗り越え、男の背後に回った。ワイヤーを首にかけ、クロスして締め上げる。

男は目を剝いた。首を搔きむしる。男が身を起こそうと暴れる。岳人は背中を右膝で押さえつけ、さらに締め上げる。

だが、相手は体も大きく力も強い。細身の岳人は揺さぶられる。ロデオのような様相を呈していた。

「さっさと死ね！」

締め上げるが、なかなか死なない。

想像していたように、絞めれば簡単にくたばるというものではなかった。

男の顔面はうっ血し、赤紫に膨れている。それでも男は必死にもがく。

男が起き上がった。岳人が振り落とされた。地面に背中から落ちる。

男はよろけていた。首に引っかかったワイヤーを取ろうと、指を入れる。

昌悟がワイヤーをつかみ、再び絞め始めた。

「兄貴！」

昌悟が呼びかける。

岳人は立ち上がって、ワイヤーの片方をつかんだ。もう片方を昌悟が手のひらに巻いて握り締める。

岳人と昌悟は、男をベンチに座らせた。二人して背もたれを飛び越え、背もたれを軸にして後ろへ引っ張り、左右に締め上げる。

男が再び目を剝く。血走った眼球は飛び出そうだ。

二人は中腰になり、体重をかけて引っ張った。男の背が反り上がった。首との間に入れていた指がちぎれて飛んだ。

男は泡を吹いた。奇妙な呻きを二、三度漏らす。そしてようやく、力尽きた。

男の体がベンチに深く沈んだ。

岳人と昌悟は、ベンチの後ろに座り込んだ。二人とも激しく肩を上下させ、息を継いだ。

「これは大変だな……」

岳人は両腕を膝に置き、うなだれた。

「でもよ。仕事は成し遂げたぜ」

昌悟が笑みを浮かべた。

「そうだな」

岳人の顔にも笑みが滲む。

「どうだ、殺しは？」

岳人は昌悟に訊いた。

「オレ、中学出たら、プロの格闘家になろうと思ってたんだけどさ」

昌悟は体を起こし、足を広げてしゃがんだ。尻についた土を払う。

「リングじゃ、人は殺せねえもんな。兄貴はどうなんだ？」

岳人を見やる。

「思っていたより難しいことはわかった。殺し方の研究と技の習熟が必要だな」

立ち上がり、服についた土埃を払う。

昌悟も立ち上がった。

二人して男の遺体を見下ろす。ワイヤーは首の三分の一の深さに食い込んでいた。

「こうはなりたくねえな」

昌悟が笑う。

「殺し屋としては無様だが、初仕事としては上出来だろう」

「じゃあ、やるのか？」

「やろう」

右手のひらを上げる。昌悟は手のひらを合わせ、ハイタッチをした。

「こいつ、どうする？」

昌悟が冷たい目を遺体に向けた。

「このまま、放置する」

「まずいんじゃねえの？」

「遺留品はワイヤーだけ。足跡は残るが、靴を処分すれば問題はない。おまえも手袋をしているから、ワイヤーからＤＮＡが検出されることもない。あとは、警察がこの殺人をどう捜査するのか、ケースワークにする」

「まあ、難しいことはわかんねえけど、兄貴がそう言うなら、それでいいよ。腹減ったな」

「帰ってからだ。行くぞ」

岳人と昌悟は、何事もなかったようにその場を離れた。


初仕事を終えた後、岳人は成り行きを見守った。

警察は、困惑しているようだった。

男には、数々恨まれる要素はある。特に女性関係では敵も多い。仕事上でも、時に強引な手法で競合相手を潰したり、契約を横取りしたりしていたようだ。

財布やスマートフォンは盗まれていなかったことから、怨恨の線で捜査を進めていた。が、そこで問題になったのは、殺し方だ。

首がちぎれそうなほどワイヤーで締め上げる方法に、捜査当局は戸惑っていた。いくら強い恨みがあっても、ワイヤーで締め上げるという方法は通常選ばない。鈍器で滅多打ちするか、刃物で滅多刺しにするかといったところだ。

恨みを持つ者が第三者に殺しを依頼したという線も探っているようだが、殺し屋にしてはあまりにも雑な仕事ぶりだ。

それが捜査を混乱させていた。

岳人は捜査の経過を分析し、一つの方法論を考え出した。

組織内に、スマートな殺しをする部署と乱暴な殺しを実行する部署を作ることだ。

殺し方に一貫性があれば、捜査当局も的を絞りやすくなる。が、手口が違えば、当局はあらゆる可能性に鑑みて、潰していかなければならない。

それだけ、時間が稼げる。

また、スマートな殺しに捜査の手が及びかけたら、乱暴な殺しで仕事を片づければいい。逆もしかり。

一つの組織で様々な殺しの手法を備えていれば、当局も特定が難しくなる。

岳人はスマートな殺しをするチームの長を自分が務め、乱暴に立ち回るチームの長は昌悟に任せることにした。

そして、その後一年間、殺し方を研究してそれぞれのチームに習練させ、仕事を再開した。

そこからの徳丸グループの躍進は目覚ましかった。

どんな手を使っても、確実に仕留める殺し屋グループがあるという噂は、殺害を求める者の間に広まり、依頼が殺到した。

岳人は稼いだ資金を元手に信頼できる仲間を増やし、グループを大きくしていった。

そして、三年が経った頃、長老率いる国内最大の殺し屋組織が接触してきた。

岳人の前に現われたのは、今も相談役を務める桃田だ。組織最強の殺し屋集団の長である桃田は、自分たちの組織に籍を置くなら仕事を回すが、独自で動くつもりならこの場で潰すと言ってきた。

数々の仕事をこなしてきた岳人と昌悟も、桃田の威厳には気圧された。

一方で、組織からの誘いは、二人が望んだものだった。

二人の大きな目的は、両親を殺した殺し屋を捜し出し、始末すること。

殺し屋を生業とすれば、そうした情報も得られるだろうと思っていたが、殺し屋の情報に対するガードは思いのほか堅かった。

しかし、国内最大の組織に身を置けば、いずれ、あのヘルメットとつなぎ姿の侵入者を突き止めることはできるだろうと踏んでいた。

その目的さえ完遂すれば、組織に留まる必要もないし、殺しを続ける必然性もなくなる。

岳人と昌悟は、組織に籍を置くと、さらに仕事に精を出した。

徳丸グループはめきめきと頭角を現わした。

組織内には、徳丸グループを快く思わない者もいた。そういう反対勢力は、昌悟を中心に暴れさせ、一つ一つ潰した。

組織内での力は高まった。

が、どうしても、あの侵入者の情報は得られない。

殺し屋組織は、私怨の殺しに対して否定的だ。仕事以外の殺しとなると、そこに感情が芽生えるため、証拠を残しやすいからだ。

その殺人自体は、殺し屋が私情を挟んだためのミスかもしれない。

しかし、そのわずかなミスが蟻の一穴となり、組織全体を揺るがす問題に発展することもある。

禁秘の集団であるからこそ、些細なことにも神経を尖らせる。

岳人は組織の不文律を知り、作戦を変えた。

誰かから聞き出そうとしても、組織内の人間は口を開かない。

であれば、自分が長になればいい。

組織の頂点に立てば、下の者は岳人の命令に従わざるを得なくなる。

そこから、岳人と昌悟は、組織のトップを目指し始めた。


しかし、道半ばで、昌悟は逝った。

昌悟とは話していた。

どちらかが死ぬことになろうと、どちらかが必ず生きて、思いを遂げる。そのために必要なら互いに命を差し出そう、と。

その瞬間が、昌悟に訪れてしまった。

二人で進めればよかったと思う。

が、組織がそれほど甘くないことも重々承知していた。

岳人は昌悟の顔を思い浮かべた。

そして、心の奥でつぶやいた。

待ってろ。もうすぐ、俺もそっちに行くから——。

2

医師が工藤を診察していた。

亜香里は心配そうに、医師の後ろから工藤を見つめていた。

医師は頷いて、亜香里を見上げた。

「驚きました。一カ月近く寝たきりだったわりに、筋肉の衰えもほとんどなく、臓器にも問題はありません。お強い体ですね」

医師が工藤を見て、微笑む。再び、亜香里に顔を向けた。

「とはいえ、急な食事や運動はやはり無理かと思われます。今晩一晩は点滴で補って、明日、重湯から経口摂取を始めましょう。運動は粥を食べられるようになってから。大丈夫。この状態であれば、経口摂取を始めれば、短期間で回復しますよ」

「ありがとうございます」

亜香里は深く頭を下げた。

医師が立ち上がった。

「私はいったん病院に戻ります。何かあれば、看護師に伝えてください」

医師がベッドの反対側に立っている女性看護師を見やった。

看護師が微笑み、会釈する。

「では。工藤さん、まだゆっくり休んでください」

医師は言い、看護師と共に部屋を出た。

二人だけになる。

亜香里はベッド脇の椅子に浅く腰かけた。工藤の左手を両手で包む。

「よかったね。すぐに回復するって」

「喉が渇いた」

工藤が掠れた声で言う。

「待って」

亜香里はサイドテーブルからストロー付きのボトルを取った。工藤の後ろ頭に手を添えて少し起こし、ストローを咥えさせる。

工藤は二度、三度、中の水を吸い込み、渇いた喉に流し込んで潤した。

亜香里が手を離す。

工藤は枕に深く頭を預け、大きく息をついた。

「もう少しいる？」

「今はいいよ」

工藤はわずかに笑みを浮かべた。が、すぐ真顔になり、天井を見つめる。

「僕は、一カ月も寝てたのか……」

「そうよ」

「あの時からか？」

工藤は、レッドホークの引き金を引いた時を思い出した。引き金を引いた瞬間から、記憶がない。

亜香里は頷いた。

「もう、戻ってこないかと思った」

亜香里が少し涙ぐむ。

「震えてたんだ」

「えっ？」

「亜香里が怯えて震えてた。だから、急いで駆けつけなきゃと思ったんだ」

「ありがとう……」

亜香里が微笑み、唇をかむ。

工藤は頭を傾けた。

「何があったんだ？」

亜香里を見上げる。

亜香里は小さく顔を横に振った。髪の端が揺れる。

「わからないけど……。何か、とんでもないことが起こってる」

「徳丸か？」

「たぶん……」

亜香里はうつむいた。

少しして、髪を梳きあげながら顔を上げ、笑顔を作る。

「雅彦さんが目覚めたときに気持ちいいだろうと思って、海沿いの家にしたんだよ」

立ち上がって、カーテンを開けた。

が、夜で海は見えず、風も強く、ガラス窓には雨が打ちつけていた。荒ぶる波の音が聞こえてくる。

「あ、ごめん……」

亜香里はカーテンを閉めようとした。

「いいよ、開けてて」

工藤は微笑んだ。

窓の外を見つめる。

あの時、自分は死のうと思っていた。そのまま消え去ってしまえば、どれほど楽だろうかと願った。

しかし、現世に引き戻された。

どうあっても、レッドホークの運命からは逃れられないのか……。

工藤は亜香里を気づかって笑みを崩さず、窓の外を静かに見つめた。

3

二時間後、神城は、相談役たちが宿泊している高級ホテルのＶＩＰルームに到着した。ドア口に桃田が迎えに出る。

中へ入ると、エントランスには、仁部を除く相談役が顔を揃えていた。

「遅くなりました」

軽く頭を下げ、歩み寄る。

桃田に促され、ドアに背を向けた一人掛けのソファーに腰かけた。桃田も斜め右の席に座る。

五人がオーバルテーブルを囲んだ。

「神城君、状況は？」

大谷が訊いた。

「今、私の下に入っている情報をまとめますと、神余の徳丸のアジトで、徳丸昌悟らの車が爆発。これは意図的に自爆させたものですが、その爆破によって、二十名から三十名の死傷者が出ています」

「石黒君は？」

桃田が訊く。

「一命は取り留めていますが、重体です。徳丸昌悟も同じく、意識不明の重体で、石黒と同じ病院に運び込みました」

「しぶといヤツじゃの」

黒須が口をへの字に曲げる。

「東雲のタワーマンションにあった彼らのアジトも爆破されました。囚われていた椎木他、私の部下が二名死亡。現場で指揮を執っていた水鳥紗生は重体です」

「椎木君はダメだったか……」

大谷が沈痛な面持ちを覗かせる。

「水鳥も力を尽くしてはくれたんですが」

神城が少し目を伏せる。

「しかし、相手の意のままでなく、短期間で隠しアジトを突き止め、奪還に向かったことは称賛に値する。椎木君は残念だったが、彼の死は決して無駄ではない」

「大谷さんにそう言っていただけると、椎木や水鳥も報われます」

神城は頭を下げた。

「で、今後はどうするんだ？」

梶木が訊いた。神城は梶木に顔を向けた。

「徳丸岳人を追い詰めます」

「どうやって？」

「工藤が目覚めました」

神城が言うと、相談役四人の顔に笑みが滲んだ。

「岳人の狙いは工藤です。工藤を餌に、おびき出そうと思います。仁部さんの安否も気がかりですから」

「工藤君をぶつけるのか？」

大谷が訊く。

「いえ、工藤はまだそこまで回復していません。あくまで、餌です。私が受けて立ちます」

神城の眼力が強くなる。

「おまえの部下が多数殺られてる。大丈夫なのか?」

梶木が言う。

「私情は挟みません。神城の名に懸けて、ヤツらを殲滅します」

梶木を見返す。その眼力に、梶木は少々たじろいだ。

「それはいいが、守りは大丈夫か? 今、工藤君が襲われれば、抵抗できないということだろう?」

黒須が落ち着いた声で訊く。

「桃田さんのグループにも協力してもらい、守りは万全に固めています。昌悟を失った今の徳丸グループでは、太刀打ちできないでしょう」

「彼を舐めちゃいかんぞ」

「ナメてはいません。だからこそ、我々ができる最大限の手を打っています」

神城が黒須を見やり、返した。

「レッドホークは大丈夫なのか？」

　大谷が訊いた。

「私がしかるべき場所に保管しています」

「どこにあるんだ？」

「それは、私の胸に収めておきます。万が一のことがあれば、岳人はみなさんを締め上げてでも聞き出そうとするでしょうから」

「万が一があったら、どうするんだ？」

　梶木が訊く。

「レッドホークは永遠に見つからないでしょう」

「それじゃあ、困るんじゃねえのか？　また、長老時代に戻っちまう」

「それならそれでいいのではないかと、考えています。長老が仕切っていた時代、長老の下、みなさんの合議制で組織を管理運営してきました。その体制に私も身を置いていたわけですが、個人的にはうまく回っていたと感じます。徳丸の件が片づいた後、いったん工藤に頭首を継承してもらい、彼の指示で合議制を確立し、工藤は引退させるという手もあります。むろん、私が殺られ、レッドホークが不明になった時は、長老の体制に戻ることになると思いますが」

神城は相談役を見回した。

大谷が口を開く。

「君の考えはわかった。しかし、我々は正統な継承者である工藤君の口から、それを聞いたわけではない。組織を預かる相談役として、直ちに了承することはできない。神城君、すぐにとは言わないが、一度、我々を工藤君に会わせてくれないか？　我々が彼と直接話し合い、工藤君が自らの引退を望み、合議制へ移行するという意思があるなら、我々も尊重する」

「大谷君の言う通りかもしれんな」

黒須が割って入った。

「神城君。組織である以上、大谷君の言うように、重要な判断事項には段階を踏まにゃならん。彼は我々を拒否するかもしれんが、それも定め。早々に決着を付けるよう、促してはくれんか？」

「早え方がいい。この宙ぶらりんな状況に不満を抱いているグループもいるという噂も、俺の耳に入ってる。工藤も目覚めたばかりできついかもしれんが、合議制に移行するならするでさっさと命令を出させて、俺たちが仕切って徳丸と対峙する方がやりやすい」

梶木が同調する。

「桃田君はどう思う？」

大谷が桃田を見やった。

「みなさんの意見に同意します」

短く答えた。

桃田の返答を受け、大谷が神城に向き直った。

「ということだ。神城君。仁部さんのことは心配だが、我々にはそれ以上に組織を守る責任がある。工藤君を囮《おとり》に徳丸岳人をおびき出す件も含め、本人と協議した上で各事項を決定したい。それが相談役の総意だ」

「わかりました。工藤と話をし、数日中にみなさんと話し合いができるよう、段取りをします」

「我々の警護は、桃田相談役にお願いするので、君は工藤君の説得と会合の段取りに専念してくれ。少しでも早く頼む」

「承知しました」

神城は頷き、立ち上がった。

一礼して、部屋を出ようとする。桃田が近づいてきた。

「おまえの車は敵に捕捉されているかもしれない。これを使え」

桃田がポケットから車のキーを出し、神城に差し出す。

「ありがとうございます」

神城はリモートキーを受け取り、部屋を出て、小走りで地下駐車場に向かった。

4

館山のアジトで昌悟が自爆した二日後、岳人の下に、意識はないが昌悟が生きているとの情報がもたらされた。

カレンと平林が岳人の寝室に集まり、協議をしている。

「岳人さん。昌悟さんが収容されている病院も判明しています。助けに行きましょう！」

平林が前のめりに進言した。

「いや、後だ」

岳人は静かに答えた。

「いいの？」

カレンは岳人を見やった。

「今、昌悟の救出に戦力を割くわけにはいかない」

「殺されたらどうするんですか！」

平林は腰を浮かせた。

「連中は殺さない。とどめを刺すなら、あの場で息の根を止めている。仮に殺されたとしても、一度消えた命だ。昌悟も本望だろう」

「そんな……」

平林は腰を落とした。うつむく横顔に、かすかな怒りが覗く。

平林は元々、昌悟が仲間に引き入れたチンピラだった。武闘派に属していたが、クレバーな面もあり、岳人が自分のチームと昌悟のチームの中間的役割を担わせた。

しかし、やはり、昌悟が死亡したという情報には動揺し、今生きているとわかり、多少冷静さを欠いている。

「私も、昌悟君は殺されないと思うよ」

カレンが言うと、平林は顔を上げた。

「たぶん、生かしてるのは、情報を引き出すためと、いざという時の取引材料に使うため。向こうにとっては重要なカードの一枚だから、そうやすやすとは殺さない」

「そうでしょうか……」

「今、昌悟君を生かしているという事実に目を向けるべき。すべては、今ある事実から紐解くこと。情報戦に惑わされないための鉄則よ」

微笑みを向ける。

「そうでした。すみません」

平林は頭を下げた。

と、岳人のスマートフォンが鳴った。

「もしもし……うん、うん……そうか。すぐに探索してくれ」

岳人は短く指示をし、電話を切った。

顔を起こして、二人を見やる。

「朗報だ。工藤の居場所がわかりそうだ」

「ホントですか!」

平林が両眼を見開く。

「まだ確定ではないが、九分九厘割り出せるだろう。カレン、仁部はどうだ?」

岳人はカレンに顔を向けた。

「ほとんど落ちたようなものなんだけど、最後の最後は首を縦に振らない。ちょろい相手だと思ってたけど、伊達に相談役を請け負っているわけではなさそうね」

「そうか」

岳人はベッドから降りた。

「平林。残っている部下から、精鋭を七名集めて、広間で待機しておけ」

「承知しました」

平林はすぐに立ち上がって一礼し、部屋から駆け出た。

「カレン、来い」

そう言い、歩き出す。

カレンは岳人と共に部屋を出た。仁部を軟禁している部屋へ向かう。

岳人がドアを開けると、仁部がすぐ、ドア口に顔を向けた。

岳人の姿を認め、表情をこわばらせる。

「いかがですか、僕の部屋は？」

笑顔を見せる。

しかし、仁部は岳人を睨んだ。

「そんな顔、しないでくださいよ」

微笑んだまま、仁部の対面にあるソファーに腰かける。後から入ってきたカレンは、岳人の後ろに立った。

「先ほど、カレンから聞きましたが。我々への協力には、どうしても首を縦に振っていただけないそうで」

「当たり前だ！　協力したはいいが、おまえらが本体にやられれば、私は裏切り者として組織から追われることになる。そんなリスクは負えない」

「今ここで死ぬことになっても？」

岳人が少しだけ睨み返す。

仁部の眦が強張る。岳人は笑みを作った。

「心配しないでください。あなたを殺すつもりはありません。明日には、丁重にご自宅までお送りします」

「私を放置するということか……？」

仁部の頬が引きつった。

「どう取るかは、仁部さんの判断にお任せします。ただ一点、重要な情報をお教えしましょう」

岳人は仁部を正視した。仁部が息を呑む。

「まもなく、工藤の居場所が判明します」

岳人が言うと、仁部が目を見開いた。

「工藤を見つけ次第、僕が彼を殺します。もちろん、証拠映像は残します。そして、今、暫定で頭首となっている神城も殺します。レッドホークの在処は不明のようですが、暫定頭首とレッドホークの正統継承者を僕の手で始末すれば、僕が頭首になるのは必然でしょう。そうなった時、僕は僕に反目した者たちを、組織の力をもって潰すつもりです」

岳人はうっすらと微笑んだ。冷酷な笑みだ。

仁部の顔からみるみる血の気が引く。

「もとより、僕が確実に二人を始末できるとは限らない。僕がやられれば、神城と工藤の体制下で組織は運営されることになるでしょう。つまり、あなたが唯一生き残れる道は、今、僕に一点張りをすることです」

岳人が言う。

仁部は押し黙り、うつむいた。太腿に置いた両手の拳を交互に握りしめる。

「仁部さん。我々の世界でコウモリのように立ち振る舞うのは無理ですよ。どうしますか？」

岳人が静かに問うた。

仁部は顔を上げない。自分の置かれた状況を自覚し、混乱しているようだった。

岳人が立ち上がった。

「リミットは、僕が工藤を倒すまで。それまでに決めていただけなければ、僕はあなたを反目者とみなします。次に僕がこの部屋に現われる時が、その時です。おそらく、一両日中にカタが付くでしょう。お気持ちが固まったら、うちの者に伝えてください。イエスでもノーでもかまいません。ただし、ノーであった場合、僕がここへ戻ってきたその時が、あなたの命運尽きる時となりますから、ご承知おきください。では」

岳人は一礼し、カレンに目を向けた。

カレンは頷き、同じように仁部に頭を下げ、共に部屋を出た。

ドアが閉まっていく。仁部はうつむいたままだった。

「こっち側につくかな？」

カレンが言う。

「どっちでもかまわない。仁部をさらった一番の目的は、相談役を刺激して、工藤の居場所をあぶり出すことだった。その目的は達成されつつある。ここが勝負どころだ。後のことは、事が片づいてからでいい」

岳人が話すと、カレンは強く首肯した。

「おまえも出かける準備をしろ。この勝負、勝つぞ」

「うん」

カレンは再び頷き、自室へ駆け戻った。

岳人はゆっくりと寝室に戻っていた。と、スマートフォンが震えた。メールが届く。開いてみた。

工藤がいると思われる海沿いの別荘の画像と住所が送られてきていた。

岳人はディスプレイを一度見据え、電話帳に切り替えた。ある人物の番号をタップし、耳に当てる。

「……もしもし、岳人です。ありがとうございました。工藤の居所は突き止めました。今夜中に工藤は始末しますので、そちらの整理もよろしくお願いします」

手短に伝え、電話を切った。

「もうすぐだ……」

岳人はスマホを握り締め、宙を睨んだ。

5

「うん、そうか、わかった。訊いてみる」

桃田は電話を切った。

電話は、神城の運転手を務めていた部下からだった。

ホテルを出て、平塚にいる工藤の下に向かっていた神城に、一本の電話が入った。

桃田の用意した車が追尾されている恐れがあるので、乗り換えてほしいと。

ちょうど、川崎市から横浜市に入るあたりでのことだ。

神城は運転手にその連絡を伝え、指示通りに、いったん東名高速道路の横浜青葉インターチェンジで高速を降り、一般道で待っていたハイヤーに乗り換えた。

その際、桃田の部下は、待っていた者と運転を交代したという。

その後、待っていた他の者と車を確かめたところ、右後輪のホイールカバーにＧＰＳ発信装置が取り付けられていることを確認した。

車の調査に三十分以上かかり、部下はその事実を確かめて、桃田に連絡を入れていた。

桃田は、スマートフォンを握った。その表情は険しい。

桃田が用意させた車は、神城が乗り込む寸前まで、追尾装置が取り付けられていないかを念入りに確かめた。

部下からの報告は、いずれも異常なしだった。

が、追尾されているという報告が入り、実際に発信装置が認められた。

何かが起こっている……。

桃田の神経がざわつく。

桃田は電話を終え、ＶＩＰルームのエントランスに戻った。

ソファーでは、大谷、梶木、黒須の三人が、ウイスキーを飲みながら談笑している。

桃田は声をかけた。

「大谷さん、ちょっとよろしいですか？」

「ああ、なんだね？」

「すみません、お訊きしたいことがあるもので」

桃田が促す。

「では、私の部屋で。すみません、中座します」

大谷は、梶木と黒須に言う。

「かまわんよ」

黒須が言う。

「どうせ飲んだくれてるから、話が終わったら戻ってくればいい」

梶木は言い、笑った。

大谷は笑みを返してグラスを置き、立ち上がった。自室へ歩き出す。桃田も梶木と黒須に会釈して、大谷に続いた。

大谷が先に中へ入る。桃田も部屋へ入り、ドアを閉めた。後ろ手でドアにロックをかける。

大谷は自室の小テーブルの脇にあるソファーに腰を下ろした。

「まあ、座りなさい」

テーブルを挟んだ隣にあるソファーを指す。

桃田はソファーに浅く腰かけた。太腿に手をついて、大谷を見据える。

「なんだか怖いね。どうした？」

大谷が笑みを作る。

「大谷さん。なぜ神城を、私が用意した車からあなたが用意した車に乗り換えさせたのですか？」

「その件か。すまない、君に報告が遅れた。私の情報源から、君が用意した車にGPS発信装置が付けられている可能性があると連絡があってね。確かめさせたところ、本当に電波が発信されていたので、急遽、私の方で車を用意して、乗り換えさせたんだよ。乗り換えが無事に終わった後、君に知らせようと思っていたんだが、黒須さんたちと飲み始めて失念した。申し訳ない」

大谷が頭を下げる。

「その情報源とは？」

桃田が訊いた。

「君が知る必要はない」

大谷は返した。顔は微笑んでいるが、目は据わっている。

「なぜ、あなたの情報源が我々の車を監視していたのか、確かな説明をいただきたい」

桃田が詰め寄る。

「桃田君。私も組織を預かる相談役の一人だ。君を疑っているわけではないが、不測の事態というものは常に起こり得る。二重三重のチェックを行なうのは自然ではないか？　事実、今回、君の車から追跡装置が発見された。君が準備に怠りがないことはよく知っている。それでも、こうした事態は起こり得る。違うかね？」

「本当に、ＧＰＳ発信装置が取り付けられているなら、その通りです」

「実際、発見されているじゃないか」

「それなんですが、少々おかしいんですよ。神城を乗せ換えた後、私の部下が、あなたの部下と共に探索していたわけですが、私の部下が右後輪のホイールカバーを調べた時は異常がなかった。その後、あなたの部下が調べた時も異常はない。しかし、再度、私の部下が調べた時、ホイールカバーから発見された」

「何が言いたいのかね？」

大谷が少し気色ばむ。

「元々、発信装置はなかった。捜索の際、あなたの部下が仕掛けたのでは？」

「それは聞き捨てならんな、桃田君」

大谷が眉間に皺を寄せた。両眼を見開き、桃田を睨む。桃田も見返した。

「なぜ、私の部下がそんな真似をしなければならないんだ？」

「神城を乗せ換えるためです」

「それに何の意味がある？」

「神城を運んでいった先には、工藤がいる」

桃田は眉尻を吊り上げた。

大谷は動じず睨み返した。

「あなたは工藤の居場所を知りたかった。違いますか？」

眼力を強め、桃田が迫る。

「そんな手の込んだ真似をしなくても、工藤君とは近いうちに会うじゃないか。君は何を疑っているんだ？」

「長老の屋敷が襲われた時から、内部の人間が長老殺しにかかわっているのではないかと睨んでいました。いくら、徳丸グループが強いとはいえ、長老を殺した後、屋敷から出られるとは思えない。つまり、徳丸兄弟は事前に屋敷内外の見取り図や警備を把握していた。であれば、あの蛮行にも納得のいく部分はある」

「私が彼らに情報を売ったと？」

　大谷が片眉を上げた。

　と、鍵をしたはずのドアが開いた。桃田が肩越しに後ろを見やる。

「物騒な話をしてますなあ、桃田君」

　黒須が言う。

「それがもし本当なら、事だぞ」

　梶木は大谷を見据えた。

　大谷と桃田の方に歩み寄ってくる。二人の視線は大谷に向いていた。

　黒須は杖を突き、桃田の右脇に立った。梶木が桃田の左に立ち、共に大谷を見据える。

「どうなのかね、大谷君？」

　黒須が訊く。桃田も大谷に目を向けた。

　瞬間だった。

　黒須が杖の取っ手を抜いた。短い刃が先端に付いている。黒須が桃田の首筋を狙い、突き出した。

桃田は気配を感じ、後ろに仰け反った。

目の端に、梶木の影が映った。右手が腰に回る。黒い塊が見えた。

桃田はフロアを両脚で蹴って、ソファーごと後ろに倒れた。そのまま後方に一回転し、立ち上がる。

サプレッサーの付いた梶木の銃が火を噴いた。立ち上がりざまの桃田の右肩を射貫く。膝が崩れ、一瞬動きが止まる。

そこに、黒須のナイフが飛んできた。眉間に迫る。桃田はとっさにしゃがんだ。

そこにまた、梶木の放った銃弾が飛んできた。わずかに桃田の上体が傾いたことで、銃弾は頬を掠め、背後の壁にめり込んだ。

右頬に熱痛が走る。一文字に刻まれた傷から血が滲む。

梶木が三度、銃口を向けた。

桃田は地を蹴り、後方転回をした。二度、三度とバク転をし、大谷の部屋のドアを突き破る。

後方に転がり、立ち上がる。そのままＶＩＰルームを出ようと、ドアロへ足を向けた。

途端、桃田は動きを止めた。

銃を持った男たちが十名、ドア口を固め、桃田に銃口を向けていた。

男たちの後ろには、桃田の部下が撃たれて倒れていた。胸や頭から血を流し、絶命している。

大谷の部屋から、三人が出てきた。

「どういうことだ……」

桃田が睥睨する。

三人は冷ややかに桃田を見据えた。

「どうもこうもない。組織は我々三人がいただく」

大谷が言う。

「まったく……長老も頑固でのお。わしらに代を譲れと言うたんじゃが、それはできんの一点張り」

黒須が顔を横に振る。

「俺らは長年、組織に仕え、支えてきた。少しはいい思いもしてえってのが人情だ。が、長老は頑として拒否した。てめえだけがいい思いをしたかったんだよ、あのじじい」

梶木が吐き捨てる。

「おまえら……何考えてやがんだ！」

桃田が怒鳴った。

が、三人はしらっと見返すだけだ。

「そんな私利私欲で、長老を殺してまで、こんな大芝居を打ったというのか！　おまえら、組織を潰す気か！」

「私からすれば、そこまで組織に忠実な君に驚くよ。相談役とはいえ、ただ使われる身。面倒の処理はすべて我々の仕事だ。よく耐えられるな。君は犬か？」

大谷が小馬鹿にすると、他の二人がせせら笑った。

「おまえら、生きてはいられんぞ」

「それはこっちのセリフだ。今までご苦労だった、桃田君」

大谷が右手を上げた。

男たちの銃が一斉に火を噴いた。弾幕が桃田を襲う。桃田は銃弾の嵐の中、血をまき散らし、躍った。

回転する桃田の額に銃弾がめり込んだ。頭蓋骨が弾け、鮮血と脳みそが飛び散った。

桃田は回転し、遠心力を失ったコマのように床に倒れ、突っ伏した。全身から流れ出る血がカーペットに広がり、染みこんでいく。

「組織最強と呼ばれた桃田君じゃったが、あっけないもんじゃの」

黒須がこともなげに言う。

「こいつは、俺たちが元殺し屋だとは知らなかったからな。油断したんだろうよ。なあ、大谷」

梶木が大谷を見やる。

「その程度の気配にも気づかず、油断する方が悪い。最強とは名ばかりだったな、桃田」

大谷は冷然と見下ろした。

「あとは工藤と神城だけか。大丈夫か？　徳丸に任せて」

梶木が大谷を見やった。

「徳丸がしくじれば、私たちで処分すればいいだけの話。大勢は決した。今後の分担について話し合おう。ゴミを処分しろ」

大谷は男たちに命じ、梶木、黒須と共に自室へ下がった。

6

神城は、別荘から徒歩十分くらいの場所で車を降りた。

ここまで送ってきた大谷の部下は、工藤のいる場所まで送ると言ったが、断わった。

大谷を疑っているわけではない。

ただ、長老が殺されて以降、予想を超える事態が次々と起こっている。慎重にならざるを得なかった。

神城は尾行の気配を探りつつ、十分の道程を三十分かけて回り道し、工藤が療養している別荘へ着いた。

入口を潜ると、石柱の後ろにスーツを着た男が立っていた。

「お疲れ様です」

神城を認め、一礼する。桃田の部下の見張りだ。

「異常はないか?」

神城はちらりと一瞥し、訊いた。

「ありません」

「ご苦労だが、しっかり見張っていてくれ」

「承知しました」

桃田の部下が答える。

神城は庭木に囲まれた石畳を奥へと進む。左右の庭にも桃田の部下がいて、ゆっくりと歩きながら警戒していた。

蛇行した石畳を過ぎると、玄関口に出た。玄関の両脇にも見張りが立っている。

神城は状況を訊き、異常なしとの報告を受けて、中へ入った。

ドアを閉め、鍵をかける。広いエントランスにも、二人の警護がいた。

エントランスから三方に廊下が延びている。左手にはダイニングルームや風呂などの水回りが固まっている。右手には客室や寝室がある。

オーナーの居住スペースは、正面の廊下を真っ直ぐ進んだところにある。

工藤の療養部屋は、右手客室スペースの最奥にあった。エントランス側の客室は、医師や看護師が使う部屋にしている。

看護師の部屋の前を通りかかり、気配を探る。かすかに寝息が聞こえる。休んでいるようだった。

そのまま奥へ進む。工藤の部屋の前にも、見張りが立っている。

「出入りは？」

「二時間前に、担当の者が工藤さんと川瀬さんの食事の給仕をしました。一時間前に、看護師が検温のため、出入りしました。今、部屋の中にいるのは工藤さんと川瀬さんだけです」

警護の男の話に、神城は頷いた。

「引き続き、よろしく」

二の腕を叩き、そっとドアを開く。

亜香里が立ち上がり、ドア近くに立っていた。神城の姿を認め、微笑む。部屋の明かりは点いていた。

「工藤は？」

「起きてますよ。どうぞ」

亜香里が招いた。

工藤は枕を背に、上体を起こしていた。点滴の管も外されている。

工藤は首を傾け、神城を見やった。

神城は微笑みかけ、ベッド脇の丸イスに腰かけた。

「どうだ、調子は？」

「悪くないです」

工藤が笑みを見せる。

「今日は粥だったんですけど、お茶碗一杯、しっかり食べたんですよ」

神城の後ろに立つ亜香里が話す。

「目覚めて間もないのに、もう食えるようになったか。たいしたもんだ」

「この世に戻ってきた以上、生きなきゃなりませんから」

工藤が自嘲気味に言った。

「何か飲みますか？」

亜香里が声をかける。

「いや、いい。川瀬も座ってくれるか」

「はい……」

亜香里はベッドの反対側に回り、丸イスに座った。

神城は真顔になり、工藤と亜香里を交互に見つめた。緊張感が漂い、工藤たちの顔から笑みが消える。

「療養中のおまえにする話でないことはわかっているが、事態は急を要するんでな。聞いてくれ」

神城が言う。

二人はまっすぐ神城に目を向けた。

「徳丸が動きだした」

神城のトーンが重くなった。

「彼らは相談役の一人をさらい、私の部下を拉致監禁した。部下が監禁されていた彼らのアジトを発見し、部下の救出と徳丸兄弟の処分を試みたが、裏を掻かれ、部下が三人死亡、他にも重傷者が出ている。石黒が部下を率いて、徳丸兄弟の弟、昌悟を追い詰めたが、彼らが自爆。双方合わせて、数十名の死者が出て、石黒と徳丸昌悟は意識不明の重体で病院に運ばれた」

話を聞く工藤と亜香里の顔が険しくなる。

「相談役の行方は、依然わかっていない。彼らはなんらかの取引に相談役を使うつもりだったのだろうが、もしまだ生きているとすれば、昌悟との交換材料に使うだろう。だが、徳丸岳人が弟との交換のためだけに我々の前に姿を現わし、リスクを冒すとは思えない。現場にいた者の話だが、岳人は、ビデオ通話で昌悟に〝死んでくれ〟と言ったそうだ」

「実の弟にですか？」

亜香里の問いに、神城が頷く。

「昌悟はその後、笑いながら自爆を指示した。ヤツと共に石黒たちに囲まれた徳丸グループの者も、躊躇なく、車の自爆スイッチを押したそうだ」

「つまり、自分たちの命を懸けても、使命は果たすということですね？」

工藤が言う。

「そういうことだ」

「しかし、わからないですね」

「何がだ？」

神城が工藤を見た。

「徳丸は兄弟で殺しを請けてきたでしょう？　長老を襲ったのも兄弟揃ってです。組織の頂点も兄弟揃って取りたかったはず。だけど、彼らはここへ来て、なりふり構わず、勝負に出てきている感じがします。なぜ、そんなに急いでいるのですか？」

「組織の手が迫っているからじゃない？」

亜香里が言う。

工藤は亜香里の方を向いた。

「それはわかる。でも、長老宅を襲った後、彼らのグループの戦力は半減した。猪突猛進の弟なら、無謀な勝負を仕掛けるとは思うんだけど、クレバーな岳人なら、先にグループの再構築をすると思うんだ。勝ち目のない勝負には挑まないと思う」

工藤が考えを話した。

「おまえの言うことは道理だ。が、岳人は我々がそう考えることを見越しているはず。その上で、予測を超える謀略を巡らせているとも考えられる」

「そうでしょうか……」

「何が気になっているんだ？」

「長老を殺したことは、暴挙とはいえ、わからなくもないんです。トップを獲ろうとすれば、長老は邪魔な存在ですから。彼が僕を狙うのもわかる。レッドホークの継承者ですからね。しかし、岳人ほど聡明なら、長老を殺すと同時に僕を捕らえ、始末すると同時にレッドホークを手に入れるという方法を考え、実行するはずじゃないでしょうか？　神城さんに保護される前なら、彼らにも捜し出せたはず。同時処分を遂行する力もあったと思われますし、そうすれば、今ほどややこしい状況にはなっていない。相談役をさらってみたり、神城さんのグループを狙ってみたり。長老を殺した後の彼らの行動は、少々場当たり的な感じがするんです」

「状況は変化するからな。臨機応変に対処しているというべきではないか？」

「この行動、本当に徳丸グループ単独のものなんでしょうか？」

「どういうことだ？」

神城の目が鋭くなる。亜香里も工藤の顔をまじまじと見つめた。

「徳丸岳人が自分だけの考えで動いていれば、これほどまでに状況がこじれることはなかったと思われます。しかし、そこに第三者の意向が反映されていたのだとすれば、計画が甘くなり、狂うことは十分考えられます」

「他に、徳丸グループと組んでいる人がいるというの？」

亜香里が訊いた。

工藤は亜香里に顔を向け、頷いた。

「組織内のグループの誰かと言うより、岳人が意見を取り入れざるを得なかった者。つまり、組織上層部の者」

「相談役と言いたいのか？」

神城が言った。

「そう考えると、完璧の警護を誇っていた長老の屋敷に侵入して殺し、逃げ果せたことも納得ができます」

工藤は神城を見つめた。

「バカな……」

否定を口にするが、神城の表情は重い。そのまま腕組みをしてうつむき、黙り込んでしまった。

「どうかしました？」

亜香里が訊いた。

「いや……」

神城は間を置いて腕を解き、顔を上げた。工藤を見やる。

「実はな。少し前に、相談役と話し、合議制の集団指導体制に移行しようということになったんだ。そのためには、いったん君が正式に頭首を継いだ後、引退を表明し、集団指導体制への移行を明言する必要がある。相談役は、君とそれを話し合いたいので、場を設けてほしいと言ってきた」

「その話で来たんですか?」

亜香里の問いに、神城が首を縦に振った。

「そうすれば、現在の混乱は我々で収束することができるし、君も組織とは縁がなくなる。レッドホークも組織の管理となるから、個人を狙って奪ったところで、組織の頂点には立てない。それもまた、組織を安定させることに繋がる」

「僕もその方がいいと思います」

工藤が同調する。

「そうなんだが、君の疑念を聞くと、それでいいのか、正直迷うな。もし、相談役の誰かが徳丸と組んでいたとすれば、その誰かの目的は、君から頭首の権限と象徴であるレッドホークを手に入れることだ。そして、集団指導体制に移行した後、他の相談役を始末してしまえば、再び、個人の指導体制が始まることになる」

「徳丸は利用されているだけということですか?」

亜香里が訊いた。

「そうかもしれんし、徳丸が逆に相談役を利用しているのかもしれん」

「さらわれた相談役は、さらわれたのではなく、合流したのでは？」

工藤が言う。

「その可能性も否定はできない。調べてみよう」

神城が立ち上がった。

「川瀬、工藤を頼む」

「はい」

首肯する。

「工藤、一分一秒でも早く、体力を回復させろ。いずれにしても、徳丸岳人が動き出すのも時間の問題だ。うちの者が全力で守るが、絶対にとは約束できない。その時は、おまえが自身で戦え」

「わかりました」

工藤も頷いた。

神城は二人に頷き返し、部屋を駆け出た。

亜香里は神城を見送りつつ、工藤の手を握る。工藤も強く握り返した。

7

徳丸岳人は、カレンと平林、他七名の精鋭を連れ、二台の車で平塚へ向かった。

最後に報告のあった場所付近の路肩で車を停め、部下に工藤が滞在していそうな別荘を探させた。

二十分ほどして、散らばっていた部下たちが車に戻ってきた。

平林が、岳人とカレンが乗った車の後部座席に乗り込んできた。

「見つかりました。この道を道なりに十分ほど歩いたところにある別荘です」

「間違いないか？」

「警護が複数確認できました。こっち側のニオイをプンプンさせている連中です」

平林は片笑みを滲ませた。

「そこだな。用意しろ」

岳人が言うと、平林が降りた。他の者たちに命じ、トランクから武器を詰めたスポーツバッグを取り出す。

運転席にいたカレンが降りる。岳人も車外に出た。

「どうぞ」

部下が黒いジャージの上着を持ってくる。

岳人はロングＴシャツの上からジャージを着た。ファスナーを上げると真っ黒になり、姿が闇に溶ける。

運転席側ではカレンが同じように黒いジャージに身を包み、姿を闇に紛らせた。

平林たちも同じように黒いジャージを着ていた。みな、黒いスニーカーを履いている。

「行くぞ」

岳人が命じた。

平林が先頭を歩き始めた。岳人とカレンが続き、背後に部下たちが続く。

誰もが足音を忍ばせている。黒い影の集団を時折、街灯の明かりが照らし出す。

道路が左カーブに差しかかった。平林は右手を振り、路肩に寄るよう促した。後ろにいた者たちが一列になり、路肩に寄る。

「ここを曲がったところです」

「中の様子は？」

「石畳があり、両脇に庭があります。そこに警護が一人ずつ。門柱のあたりに人はいませんが、裏に隠れている可能性があります。また、玄関も見えないのですが、そこにも一人か二人はいるでしょう。建物の中はわかりません」

「そうか。外にいるのは五人か六人だな。平林以下六名。二人一組になって、敵を殺せ。銃は使うな。ナイフで首を掻き切れ」

岳人の指示に全員が頷く。

スポーツバッグを持っていた部下が、中からナイフを出し、渡した。後ろから前に一本ずつ手渡していく。

「一人一分で終わらせろ」

岳人が言う。

平林は頷き、仲間と共に先陣を切った。後ろの者が続く。岳人とカレンは、スポーツバッグを持った部下二人を従え、ゆっくりと屋敷に向け、歩いた。

先頭の平林たちは、そろそろと門柱に近づいた。気配を探る。

門柱右手に人の気配を感じた。平林は親指で仲間に右方向を指した。仲間が頷く。

仲間が先に、門柱を潜った。すぐに黒いスーツを着た男が仲間に歩み寄った。影が見えた瞬間、平林が門柱の陰から飛び出した。

後ろから左手のひらで口を塞ぐと同時に、刃を喉仏に当て、グッと引いた。刃が喉を深く斬り裂く。

黒いスーツの男が目を見開いた。仲間が正面から喉仏にナイフを突き入れた。

男は息を詰め、絶命した。

平林は口を塞いだまま、そっと男を座らせ、横たわらせた。

左手を振り、待機していた仲間に合図を送る。

二組の男たちが左右の庭に侵入した。平林たちと同じように、一人が前に出て囮となり、男が仲間に気を取られている隙に、背後に回って口を塞ぎ、喉笛を掻き切る。

音もなく、一人、また一人と、警護の男たちが命を奪われた。

平林は、倒した男の身ぐるみを剝ぎ、黒いスーツに着替えた。

玄関の方へ歩み寄り、ちらっと覗く。

玄関には二人の警護がいた。彼らは平林に目を向けたが、同じ黒スーツだったことで、平林を見逃した。

別の仲間が、平林と同じように黒スーツに着替える。

平林は再び、玄関の方を覗いた。

「どうした？」

左側に立っていた黒いスーツの男が声をかけてきた。

「妙な連中がうろついているんだが」

「なんだと？　ここにいろ」

男はもう一人の男に言い、平林の方へ近づいてきた。

「こっちだ」

平林は、男を門柱の方に誘い出した。

石畳を門柱に向かって歩く。その途中、隠れていた仲間が背後を取り、口を塞いで喉を切った。

が、男がわずかに抵抗し、刃は深く入らなかった。

平林は駆け寄った。すぐさま、切っ先を男の喉仏に突き入れる。

「殺す時は確実にな」

仲間に言い、切っ先をひねった。

男が両眼を見開いた。ナイフを抜くと同時に正面から飛び退く。男は血を噴き出しながら、石畳に突っ伏した。

平林は玄関の方へ駆けていった。

「敵だ！」

小声で言い、来るように手招きする。

男が玄関から走ってきた。石畳に出たところで、同じように仲間が背後から襲う。

気配に気づいた男は、肘を振った。

仲間は体を沈め、肘をかわした。男が仲間の顔面に膝を突き出す。仲間は背後に転がった。他の仲間が木の陰から飛び出した。

男が前方に気を取られる。

平林がスーツ男の横に駆け寄った。仲間に向け、左足を振る。仲間は後方転回し、平林の蹴りを避けた。

「大丈夫か！」

隣のスーツ男に声をかけた。男の後ろに下がる。

「ああ、気をつけろ。こいつら、プロだ」

スーツ男は前を見据えたまま、身構えた。

「そう、プロだ」

平林はナイフを逆手に持ち、思いきり振り上げ、男の後頭部に切っ先を突き入れた。

男が呻いた。震えながら、振り向く。

「きさ……ま……」

「味方の顔くらい、確認しろよ。プロだろ？」

平林はナイフをねじった。瞬間、頸椎の神経がブチッと音を立てて切れる。

男は首から下が動かなくなり、その場に頽れた。首にはナイフが刺さったままだった。

岳人が男に近づいた。しゃがんで、髪の毛をつかみ、顔を上げさせる。男は虫の息だ。

「はじめまして。徳丸岳人だ」

男は名を聞き、少し目を開いた。

「中に、工藤はいるか？」

問うと、男の黒目がかすかに揺れた。

「ありがとう」

岳人はナイフを深く押し込んだ。

男は目を剝いて、呼吸を止めた。

岳人は男のスーツを脱がせ、着替えた。

「銃を貸せ」

右手のひらを差し出す。

部下がスポーツバッグから、銃を出した。

先端にサプレッサーを付け、銃を手渡す。岳人は受け取ると、玄関へ歩いた。

ドアを開ける。エントランスに二つのスーツ姿が見えた。男たちが岳人を見た。

瞬間、岳人は銃口を起こし、引き金を二度引いた。空を裂く音が続けて響いた。

男たちは眉間に被弾し、仰向けに倒れた。

一瞬だった。

岳人は靴のまま上がり、エントランスの真ん中に立った。三方の通路が見渡せる。左右に警護の男がいた。

岳人は右手の男に銃口を向け、引き金を続けて引いた。

銃弾は男の胸元と喉に食い込んだ。喉にめり込んだ銃弾は貫通し、後頸部から血が噴き出した。

男は壁にもたれ、ずるずると崩れ落ちた。

左通路にいた警護が、胸元のホルダーから銃を抜いた。岳人を狙う。

引き金を引こうとした時、カレンが岳人の前に躍り出た。銃口を向け、立て続けに発砲する。

男はいきなりの発砲を避けられなかった。あちこちに被弾し、体が回転する。そして、通路の壁にぶつかり、前のめりになって顔から廊下に突っ込んだ。

手から男の銃がこぼれる。その銃が暴発し、発砲音が響いた。

右通路手前の部屋のドアが開いた。看護師が顔を出す。

岳人は冷たい目で看護師を見据えると、銃口を向け、引き金を引いた。

銃弾は看護師の前頭部を吹き飛ばした。看護師は弾き飛ばされ、仰向けに倒れた。割れた頭部から湧き出る鮮血が、フローリングにどろりと流れる。

カレンは部屋へ入った。看護師の制服がクローゼットにあった。

カレンは下着姿になり、制服に着替える。

岳人は平林を呼んだ。

「工藤の居場所は、おそらくそこだ」

右通路最奥の部屋に目を向けた。

「このエントランスに見張りを二名。他の者は、左と正面通路の部屋を探れ。工藤を見つけたら、殺してかまわない」

小声で指示をする。

「俺とカレンは、その一番奥の部屋へ行く」

「わかりました」

平林は頷き、仲間の下へ駆け寄った。

着替えを終えたカレンが出てきた。岳人を見て、頷く。

岳人とカレンは、右最奥の部屋へ歩み寄った。

8

亜香里はいつの間にか、工藤の手を握ったまま、布団に顔を乗せ、寝ていた。

が、銃声に驚き、ビクッと顔を起こした。

「何……？」

ドア口の方に目を向ける。

工藤の手を離して、立ち上がろうとする。

工藤はその手を握り、止めた。

「隠れろ」

「雅彦さん」

「敵だ。血のニオイがする」

工藤は言い、自分もベッドから降りた。立とうとしてよろける。亜香里がとっさに腰に手を回し、支えた。

「ありがとう」

足を踏ん張った。立つ感覚が戻ってくる。工藤は中布団を丸め、掛け布団を被せた。

電気を消す。薄明かりに照らされたベッドには、人が寝ているような陰影が浮かんだ。

工藤と亜香里は、部屋の左隅にあるソファーに歩み寄った。ベッドにもなるソファーだ。

亜香里がソファーを前に押し出す。

二人はその後ろに隠れた。

しゃがんで息を潜める。

ドアが開いた。

「工藤さん、大丈夫ですか?」

女性の声がした。

廊下の明かりが室内に差し込む。

工藤と亜香里は、背もたれの陰からドア口を見た。

看護師だった。

亜香里が声を掛けようとする。工藤は手のひらを亜香里の口元に当てた。

「影が違う」

耳元で囁く。

亜香里は看護師の横顔を見た。見たことのない看護師だった。

「工藤さん、寝てますか?」

看護師は声をかけながら、中へ入ってくる。その後ろから黒いスーツの男も入ってきた。警護の者の服装だ。が、工藤は警戒を解かない。

亜香里も工藤の緊張を感じ、ドア口の方を見つめた。

「工藤さん？」

ベッド脇まで来る。

と、看護師の後ろにいたスーツの男が前に出た。サプレッサー付きの銃口をベッドに向け、引き金を引く。

銃弾が布団を裂き、中の羽毛が舞い上がる。

看護師が掛け布団を剝がした。

丸めた中布団を見つめる。

「逃げたみたい」

問いかけていた声とはがらりと変わった冷めた口ぶりで言う。

黒スーツの男は、布団に手を当てた。

「温かいな……」

男は室内を見回し始めた。

気配を探りながら、徘徊を始める。看護師も部屋を歩き回りだした。

工藤と亜香里は、呼吸を深くゆっくりとしたものにした。そうして、自らの気配を消していく。

しかし、狭い部屋だ。いずれ、見つかるだろう。

二人は、気配を消す一方で、神経は集中させた。

座禅のようなものだ。雑念を排し、空気の揺れが感じられるまで、感覚を研ぎ澄ます。

工藤は、足がどちらの方向に何センチ動いたかを感じられるまでになっていた。

男の足がソファーに向いた。数十センチずつ近づいてくる。

部屋の全体像が脳裏に浮かぶ。敵が今、どこにいるのか、俯瞰しているようにわかる。

男は三メートルほど先にいる。看護師は部屋の右隅あたりにいた。

男は銃を持っていた。素早く銃口を向け、ベッドを的確に撃ち抜いていた。銃の扱いに慣れている者だ。間合いを間違えると、確実に急所を撃たれる。

工藤はソファーの背もたれに手のひらを当てた。かすかに押し、重さを確かめる。

硬い部分を蹴って、一メートル半動かせるかどうか——。

男が間合いに入ってきた瞬間、勝負に出るしかない。

工藤はさらに感覚を研ぎ澄まし、男の位置を数センチ単位で測った。

薄闇の中、工藤は息が詰まりそうな攻防を続けていた。

男の気配が二メートルを切った。工藤は脚の神経に気を送った。すぐに筋肉が動くよう、イメージする。

もうすぐだ――。

太腿の筋肉がひくっと蠢いた。

その時、ドアの方から別の足音が駆け込んできた。

「岳人さん、神城だ！　十人以上の部下を連れています！」

男の声がした。

岳人の舌打ちが聞こえた。

「カレン、退くぞ」

スーツの男が言うと、看護師がドア口に走った。男の足音も遠ざかる。

部屋から人の気配が消えた。

工藤と亜香里は、二人して大きく息を吸い、吐き出した。

途端、亜香里の手が震えた。工藤は亜香里の手を握り締めた。

「もう、大丈夫だ」

工藤は微笑みかけた。

亜香里が工藤の肩に頭を預ける。工藤も亜香里の頭に顔を傾け、上目遣いで天井を見上げ、安堵の吐息を漏らした。

9

「工藤！　大丈夫か！」

エントランスの方から神城の大声が聞こえた。複数の足音もなだれ込んでくる。

神城が真っ先に、工藤たちがいる最奥の部屋へ駆け込んできた。

電気を点ける。

「工藤！　川瀬！」

神城の声が部屋に響く。

亜香里がソファーの後ろから右手を上げ、ゆっくりと立ち上がる。

「無事だったか！」

神城は亜香里を認め、駆け寄った。

後から入ってきた神城の部下が、部屋の隅々、窓の外を見渡す。廊下やエントランスでも、駆け回る人の足音が忙しなく行き来していた。

工藤もソファーの背をつかみ、亜香里に支えられながら立ち上がった。

「雅彦さん、ベッドに」

「いや、座らせてくれ。少し体を起こしておきたい」

工藤が言うと、亜香里は頷き、ソファーに工藤を座らせた。その隣に、亜香里が腰を下ろす。

神城が二人の前に立った。

「よかった」

息をつき、目元を弛ませる。

「何があったんですか？」

亜香里が訊いた。

「逆に訊きたい。誰が来た？」

「徳丸です」

工藤が答える。

神城の眉間に縦皺が寄った。

「カレンという女もいました」

亜香里が続ける。

「そいつは夏海カレン。徳丸岳人の右腕だ。確実におまえを狙いに来たんだな」

神城はサングラスの奥から工藤を見つめた。

「すまん。どうやら、俺が尾行されたようだ」

「けど、すぐに戻ってきてくれて助かりました。情報が入ったんですか？」

工藤が神城に訊いた。

「建物の外回りを警護している者たちのスマホには加速度センサーを入れていた。歩数計に使うものだ。動いている限り、センサーが反応するようになっている。そのセンサーの反応が同時に三人止まり、三分経ったら、異常事態とみなし、周辺で待機している仲間が援護に駆けつける手配を取っていた。俺もここを出てすぐだったのでな。連絡を受け、急いで戻ってきた」

神城が話した。

「尾行されたというのは、何か、証拠でもあるのですか？」

工藤が立て続けに訊く。下から見上げる目つきは険しい。

「ちょっと、雅彦さん。神城さんを疑っているの？」

亜香里は工藤を睨んだ。

「いや、川瀬。工藤の疑念ももっともだ。俺が出てすぐ、連中が襲ってきたんだろうから な。俺が尾行されたと判断するのは二点。一点は、ここへ来る途中、俺と共におまえらの警護を担当している桃田相談役が用意した車にＧＰＳが仕掛けられているとの連絡が入り、大谷相談役が用意した車に乗り換えたことだ。出発時の検査でも、ＧＰＳの発信装置は仕掛けられていなかった。発信装置が見つかったとの報告は受けたが、疑念が残る。もう一点。ここを出てすぐ、桃田相談役に連絡を取ったが不通だ」

「桃田さんが発信装置を仕掛けていたということですか？」

　亜香里が訊く。

「いや、違うよ、亜香里。桃田さんの部下もここの警護をしている。桃田さんが徳丸の協力者なら、とっくにここを攻めている」

　工藤が答える。

　神城が頷いた。

「その通りだ。この場所は、俺と桃田さん、双方の一部の部下しか知らない。桃田さんが協力者なら、おまえらだけでなく、俺たちも殺られていたかもしれない」

「ということは、大谷相談役が怪しいですね」

　工藤の言葉に、神城が首肯する。

「おそらく、ここでおまえらを見つけ、一気にカタを付けるつもりだったんだろうが、俺たちが戻ってきたことで計画は狂った」

「神城さん。大谷相談役は、今どこに?」

「まだ、都内のホテルにいると、部下から連絡があった」

「行きましょう」

工藤が神城を見上げた。

「どうするつもりだ?」

「頭首として、大谷を処分します」

「雅彦さん! まだ、動ける状態じゃ——」

「大丈夫」

工藤は亜香里に微笑みかけ、立ち上がった。少しふらつく。亜香里が手を伸ばす。が、工藤は左手のひらを向け、止めた。

「神城さん、主治医に連絡を取ってください。痛み止めと栄養剤、アドレナリンを注入したいと」

「ボロボロになるよ!」

亜香里が叫ぶ。

工藤は笑みを向け、見下ろした。

「亜香里。ここまで来たら、一秒でも早く片づけなければ、安心して療養もできない」

「でも――」

「やらなきゃいけない時がある。望むと望まざると。二人のためにな」

工藤は右手のひらを、亜香里の頬に当てた。亜香里がその右手を握った。頬を擦りつけ、強く握り返す。

「わかった。私も行く」

手を握ったまま、立ち上がる。

「私たちの問題だもんね」

「そう。僕らの問題だ」

工藤は目を見て頷いた。

「薬は点滴で入れるつもりか？」

神城が訊く。

「はい」

「どのくらいかかる？」

「一時間ほどかと」

「わかった。ともかく、ここでは何もできない。移動するぞ」

神城の言葉に、二人が頷く。

工藤は亜香里の手を握って歩きだした。が、足がもつれ、つんのめる。

すかさず、神城が腕をつかんだ。

「これから戦いに行こうというヤツの足取りじゃないな」

「その時になれば、やりますよ」

「そうだな。それまでは気を抜いてろ」

神城は工藤の左脇の下に肩を通した。亜香里も右脇下に肩を入れる。

工藤は二人に抱えられ、もつれる足を交互に動かし、別荘を後にした。

10

大谷ら三人は、大谷の部屋で円形のテーブルを囲むように並ぶ一人掛けソファーにそれぞれ腰かけていた。

大谷はスマートフォンを耳に当てていた。

周りでは、大谷たちの部下が、壊れたドアや備品を片づけて掃除し、カーペットや壁に飛び散った血糊をクリーニングしている。

「うむ……そうか、わかった。私たちはホテルにいる。おまえはここへ来い」

大谷は電話を切った。

「どうだ？」

梶木が訊く。

大谷は掃除をしている部下を見た。壊れた物や血糊はほぼ片づいている。

「もういいぞ」

部下に声をかける。

部下たちは返事をし、掃除道具を持って、外に出た。直したドアを閉める。

大谷はドアが閉まったことを確認し、二人に向き直った。

「失敗した」

一言言う。

「何やってんだ、あのガキは！　半死の病人も殺れねえとは、あいつらもたいしたことねえな」

梶木が吐き捨てる。

「まあまあ。大谷君、現場の状況は？」

黒須が杖を立て、取っ手を両手で握る。

「神城が去った後、十人で乗り込んだそうです。警備の者はすみやかに殺したものの、工藤たちが見つからず、捜しているところへ、神城が仲間を引き連れ戻ってきたので、撤退したと話していました」

「神城君は、徳丸らが攻めてくることを知っていたということかね?」

「そうではないでしょう。わかっていれば、待ち伏せしていたと思います。おそらく、不測の事態が起こった時の緊急配備を整えていたと考えた方が合点がいきます」

「警備態勢のことを俺たちに黙っていたということか?」

梶木が片眉を上げた。

「そういうことだろう」

大谷が答える。

「ふざけやがって。俺たちを疑ってたってことか?」

梶木は桃田が破ったドアの方を睨んだ。

「そういうことでもないじゃろう。警備態勢を知る者は少ない方がいい。警備としては正しい判断じゃな」

黒須が自分の言葉に頷いてみせる。

「神城からの連絡はないいな」

梶木の問いに、大谷が首を縦に振る。

「おそらく、神城は私を疑っているだろう。桃田ともすでに連絡が取れなくなっているし、車を替えさせたのも私だからな」

「どうする？　暫定とはいえ、今は神城が頭首だ。レッドホークを持ち出されれば、厄介だぞ」

「すぐには動かない。いや、動けないだろう。仮に、動いたとしても、神城が狙ってくるのは〝私〟だ」

大谷は〝私〟を強調した。

「何が言いてえんだ？」

梶木が首を傾げる。

「神城は、私が徳丸と組んで、長老殺しを画策したと思っているはず。裏を返せば、梶木さんと黒須さんはグレー、もしくはシロということだ」

「なるほど。付け入る隙はありますな」

黒須は口をすぼめ、笑った。

「一芝居打てば、殺れるでしょう」

大谷は二人を見やる。

梶木も片笑みを覗かせる。

「絵図は？」

梶木が大谷を見た。

「ここにある」

大谷は自信ありげに自分の頭を人差し指で突いた。

11

神城は、部下の車と併せ、五台の車で移動した。途中で分散し、散り散りとなる。

万が一、徳丸グループの者が尾行しているかもしれないと考え、取った措置だった。

工藤を乗せた車に、神城は乗っていなかった。

部下から、無事に指定したアジトのマンションに着いたとの報告を受け、神城はその後三十分、尾行されていないことを確認し、そのマンションへ赴いた。

マンションに到着した頃には、工藤への点滴が始まっていた。

ベッドに寝かされた工藤の腕には、三本の管が繋がれていた。

ベッドの両脇には亜香里と主治医がいる。

亜香里は神城を見て立ち上がろうとした。神城は右手を振り、そのままでと伝えた。

反対側にいる医師の脇に歩み寄る。

「先生、どうですか?」

神城が訊く。

「無茶もいいところだね。彼の回復力には感服するが、それでも本調子が十だとすれば、全体の調子は五から六といったところ。ここで無理をすれば、まだ目が覚めていない筋組織が破壊され、体内に損傷を負う可能性もある。そうなれば、命の保証はできないよ」

医師は厳しい言葉を吐いた。

「しかし――」

顔を上げ、神城を見上げる。

「私も大切な部下を徳丸に殺られた」

「すみません。守れなくて……」

亜香里がうつむく。

医師は亜香里を見やった。

「君たちのせいではない。彼女は看護師としての職務を全うしていただけ。それを虫けらのように殺す彼らには怒りを禁じ得ない。君たちが徳丸グループを処罰してくれれば、彼女の無念も少しは晴らせるだろう。医者として言うべきことではないがね」

自嘲する。

医師が立ち上がった。

「点滴は後三十分ほどで終わる。私は少し休ませてもらうよ」

「先生」

工藤が声をかけた。

医師が工藤を見下ろす。

「必ず、彼らには責任を取らせます。頭首として」

工藤が力強く見つめる。

医師は首肯し、部屋を出た。部下が別室へ案内する。

神城が医師のいた椅子に腰かけた。

「どうだ？」

「体が軽くなってきました」

「いけそうか？」

「いきます」

工藤はまっすぐ神城に目を向けた。

神城は頷き、亜香里も見やった。

「相談役が泊まっているホテルは、ここから車で一時間ほどのところにある。が、街中で人目もある場所だ。騒ぎになるのは、今後のことを考えてもうまくない。別の場所に、大谷をおびき出そうと思うが」

「心当たりはあるんですか？」

「港湾地区に建設中のビルがある。そこは、俺たちの息のかかった建設会社が建てているビルだ。十五階建てのビルが建つ予定だが、まだ五階までしかできていなくて、フロアもコンクリートの土台のみ。仮囲いに囲まれていて、外からは見えない。周りも建設中の現場や倉庫ばかりなので、人も少ない。図面がある」

神城はスマートフォンを出した。保存していたビルの図面を表示して、工藤の前に差し出す。

工藤は管のついた上腕を上げ、指先でスクロールした。素早く、図面を見やる。

「出入口から五階まで、うちの人間を配置する。今のところ、信用できるのは、うちの者だけだからな。いいか？」

工藤に訊ねる。

「かまいませんが、大谷は出てきますか？」

「必ず、出てくる。これを持っていくのでな」

神城は腰のホルスターから銃を抜いた。

工藤と亜香里が目を瞠《みは》る。

「本物ですか?」

亜香里が訊いた。

「ああ。俺が預かっていたものだ。相談役がどこを見て本物だとしていたのか、わかった」

神城は銃を工藤の顔に近づけた。

「よく見てみろ。トリガーガードに二桁の数字が刻まれているのがわかるか?」

神城が銃を傾ける。と、光の加減で、針で引っ掻いたような傷がキラキラと光る。その小さな斜めの線が重なり、数字を浮かび上がらせた。

読み取れたのは、87という数字だった。

「いいですか?」

亜香里が言う。神城はレッドホークを亜香里に渡した。亜香里が銃を持っていろんな角度で傾ける。

「なんですか、この数字?」

工藤が訊いた。

「一九八七年。日本の殺し屋グループが統一され、組織が発足した年のことを示していると思われる」

「誰がこんな細工を？」

「わからんが、このホログラムのような細工を施した銃が本物の証のようだ。おそらく、発足当初、偽物が出ないよう、何者かに依頼して初代頭首が細工したのだろう」

「でも、この程度の細工なら、今の技術なら簡単に模倣できるんじゃないですか？」

亜香里が訊く。

「他にもあちこちに、同じような細工が施され、文字や記号のようなものも刻まれている。一見、無造作に刻まれている印のようだが、本物とする配列があるらしい。それを知る者が見れば、偽物だとわかる。しかも、その銃はこの世に一丁しか存在しない特注品だ。すべてを模倣するのは難しいだろう」

神城が言う。

「なぜ、それを知っているんですか？」

工藤が怪訝そうに訊いた。

「黒須さんがこれを見て本物だと断言したことが気になってな。部下に引退した古参をあたらせ、証言や資料を調べさせた。黒須さんがわかったのは、その配列を長老が知っていて、その時共に確認したからだろう。本物とする配列については、引き続き、調べさせている」

神城が答える。

工藤は訝るような目つきを崩さない。

「おいおい、工藤。疑心暗鬼になるのはわかるが、その目はやめてくれ。もし俺がトップを獲るつもりなら、とっくの昔におまえを殺している」

神城は苦笑した。

工藤はしばらく神城を見つめていたが、ふっと笑みをこぼした。

「それもそうですね。すみません」

「かまわんよ。疑り深いのは悪いことではない。ただ、信じる時は信じろ。でなければ、大きい敵は倒せん」

「わかりました。もう疑いませんから」

工藤は言った。

「よかった。この銃はおまえに渡しておく。俺はこれから、現場に出向いて、連中を迎え撃つ準備を整える。対決は二時間後。夜が明けるまでにすべてを終わらせる。大丈夫か？」

「もちろんです」

エントランスはすっかり片づいていた。オーバルテーブルの周りに置かれているソファーには、梶木と黒須の顔があった。

踏み込んだ瞬間、岳人は立ち止まった。カレンもドアを開いたまま、止まる。

「生臭いな」

岳人は警戒する目つきで、部屋全体を見回した。

「ゴミを一つ片づけただけだ。心配するな。中には私たち三人しかいない」

大谷は言い、先に入って、正面のソファーに腰を下ろした。

岳人は気配を探った。エントランスを囲むようにあるドアの奥に、人の気配はある。しかし、殺気はそれほどでもない。人数も少なそうだ。

岳人が進み始めた。カレンも続いて、ドアを閉める。

「まあ、座れ」

大谷はテーブル越しの長ソファーを手で指した。

岳人とカレンは並んで座った。梶木と黒須が両脇から二人を見据える。

「さて、岳人。君がまさか、襲撃に失敗するとは思わなかった。どう責任を取るつもりだ？」

「それはこっちのセリフですよ、大谷さん。神城たちの警護が二重だという情報はなかった。どういうことですか？」

岳人は静かに大谷を見据えた。

「桃田と神城が勝手な真似をしてたんだよ」

梶木が言う。

「あらら、相談役さんも舐められたものですね」

カレンがくすっと笑う。

「公海で鮫の餌にしてやろうか？」

低い声で言う。

「昭和の映画みたいなセリフですね。嫌いじゃないですよ、私」

さらに、くすくすと笑う。

梶木が気色ばんだ。

「カレン、失礼だぞ」

岳人がたしなめた。

「申し訳ありません」

カレンが梶木に頭を下げる。梶木は奥歯を噛み、苛立ちを飲み込んだ。

「ついでに、お伺いしたいんですけど。私たちに協力していただいた方って、どなたなんですか？」

「このお三方だ」

　岳人が答えた。

　カレンは目を丸くした。

「相談役五人のうち、三人が裏切り者だったというわけなんですか！」

「女、口を閉じろ！」

　梶木が肘掛けに拳を打ちつけた。

「まあまあ、梶木君。彼女は知らなかったので質問しただけじゃ。カレンちゃんかな。そういうこと。わしら三人が、君らに協力して、長老を殺らせた。でなければ、君らは屋敷からの脱出はおろか、侵入すらできんかったじゃろう」

「ご協力、感謝いたします」

　微笑んで、顔を傾ける。

「若いもんには、がんばってもらわにゃならんからな」

　黒須もとぼけた笑みを覗かせた。

　空気が少し落ち着く。

　岳人が口を開いた。

「先ほどは失礼しました。不測の事態が起こったとはいえ、しくじったことに違いはありません。ただ、大谷さんからの情報も不足していた。ここは五分の手打ちということにしていただけませんか？」

大谷を見やる。

「本来であれば、現場の責任のほうが重いところだが、今回は特別、そういうことにしよう」

「ありがとうございます」

岳人が頭を下げる。そして、やおら顔を上げ、三人を見回した。

「次は、確実に殺しますので」

ぞっとするような殺気を放つ。

「頼むぞ」

大谷は涼しい顔で答えた。

「すぐ、連中を捜します」

岳人が腰を浮かせた。

「それには及ばん」

大谷が言う。

岳人は座り直した。

「どういうことです？」

「向こうから、わざわざ連絡が来た。港湾地区のビル建設現場に来いということだ。工藤もレッドホークを持ってくる」

大谷の言葉に、岳人の眼光が輝いた。

「うちのメンバーを総動員して、殲滅します」

岳人は、今にも立ち上がりそうだった。

「まあ、落ち着け。連中との待ち合わせは二時間後。現場は、神城の影響下にある建設会社のもの。突っ込めば、返り討ちに遭うだけだ」

大谷は言い、梶木を見た。

梶木は仏頂面で手元にあった用紙を取った。岳人とカレンの前に投げる。

「建設現場の図面だ。今は五階の土台までしかできてねえ」

「梶木さんは港湾部に強いのでね。取り寄せてもらった。相談役はそれなりの力を持っているんだ。少しは敬意を払ってほしいものだが」

大谷はカレンを見据えた。

「ありがとうございます」

カレンは真顔で頭を下げた。

梶木は多少溜飲を下げ、ソファーにふんぞり返って腕組みをし、脚を組んだ。

「そこに印をしてあるが、おそらく、神城はそれとほぼ変わらぬ配置でメンバーを待機させ、待ち伏せるはず。君たちのメンバーには、その配置図を頭に叩き込んでもらいたい」

「間違いないですか？」

「ほぼ、な。私たちも伊達に殺し屋組織の相談役をしているわけではない。君たちがどういう場所を好み、相手をどう倒そうとするかくらいはわかる」

大谷の言葉に、梶木と黒須が笑みを浮かべた。

岳人の表情が硬くなる。

「しかし、神城たちが要求してきたのは、私だ。君でも、梶木さんや黒須さんでもない。私のみ。彼は、裏切ったのは私だけだと思っているようだ。そこで、芝居を打つ」

「芝居？」

「私と君が、拘束した梶木さんと黒須さんを連れて行く。彼らも相談役が人質では、簡単に手は出せないだろう。夏海君、君には仁部さんを連れてきてもらいたい」

「あの人、いるんですか？」

カレンが訊く。

「私が裏切ったという証拠になる。それに、仁部さんまで拘束されていれば、梶木さんと黒須さんがこっちの仲間だとも疑われない」

「それはわかりましたが……。どうやって、神城と工藤の首を取るんですか？」

「蛇は頭を落とせばいい。どちらかが、取ってくれる」

大谷が言った瞬間、岳人たちの左右から凄まじい殺気が湧き上がった。

岳人とカレンが身構えた。

黒須は仕込み杖を抜いた。現われた切っ先が岳人の喉笛を狙う。

カレンが立ち上がろうとした。が、それより前に梶木が動いていた。伸びてきた左手が、カレンの首の前で止まる。

岳人とカレンは動けなくなった。二人の顔が強ばる。

「あんたら……」

岳人は黒目だけ動かし、三人を見回した。三人とも冷たい笑みを浮かべている。

「すまなかったね。君たちには言っていなかったが、私たち三人も、かつては殺し屋だったんだよ」

大谷の手元には、いつの間にか銃があった。銃口は確実に岳人の眉間を狙っている。

「神城や工藤はもちろん、仁部さんも知らない」

「桃田は、それを知った瞬間、くたばっちまったがな」

梶木はカレンを見据え、片笑みを覗かせた。

カレンの眦が引きつる。

「君たちも気づかなかったほどだ。神城や工藤も気づかないだろう。相談役とレッドホークを交換するよう促し、二人を彼らに近づけてしまえば、雌雄は決する」

大谷が銃口を下げた。

黒須が杖に刀を収める。梶木は指を何度か動かして鳴らし、元のソファーに戻った。

「君たちのメンバーには、配置されている神城の部下を殺ってもらいたい。返り討ちに遭って殺されてもかまわない。梶木さんと黒須さんが、神城と工藤に近寄ることができればいいだけだから」

「駒に使う気か？」

岳人が睨む。

「強ければ、駒にはならない。君のグループは一流だろう？　存分に暴れてもらってかまわない。期待しているよ」

大谷が続ける。

「離脱は許さない。歯向かえば、昌悟を切り刻んで、街にばらまく。君たちも終わりだ」

そう言い、うっすらと微笑んだ。
岳人は大谷を見据え、奥歯を嚙みしめた。

第6章

1

工藤と亜香里を乗せたハイヤーが、港湾地区のビル建設現場に到着した。

現場は仮囲いで囲まれていた。外からは、白い塀の上に少しだけ頭を出すコンクリートの床と柱、剝き出しの鉄筋がわずかに見えるだけ。最上階に明かりはなかった。

車がモールス信号のようなニュアンスで、数回パッシングをした。

閉じられた搬入口がゆっくりと開く。スポットライトがビルへ続く工事車両用の鉄板や周りに置かれた資材を照らしている。

車が徐行で中へ入った。リアが敷地に入るとすぐ、搬入口が閉じ始めた。

車は鉄板路を進み、ビル一階の玄関にあたる場所で停車した。

待っていた神城の部下が後部ドアを開けた。

「お待ちしておりました。神城は三階フロアにいます。どうぞ」

促す。

工藤は車から降りた。反対側のドアから降りた亜香里が、リアを回り込み、工藤の隣に並ぶ。

工藤も亜香里も、小ぎれいなスーツを着ていた。神城が用意した物だ。

工藤はノーネクタイだ。ワイシャツの下には薄いボディースーツを身に着けている。弱っている筋肉を補強する役割と、防刃防弾効果も兼ねたものだ。レッドホークは装着したショルダーホルスターに収めていた。

亜香里はパンツスーツ姿だ。一見、濃紺の地味なスーツだが、上着の内側にはナイフを五本仕込んでいる。レッグホルスターには、二二口径の銃を入れていた。

神城の部下は、工事現場の作業着を着ていた。周りを見回す。敷地内を警備している者たちも、同じ色形の作業着だった。

「作業着を統一しているんですか?」

工藤が訊く。

「はい。一応、敵味方の区別をつけるために揃えました。万全とは言えませんが、考え得る手は打っておこうと思いまして」

部下の言葉に、工藤は頷いた。

さすが、神城の部下だと感心する。

作業着を揃えたところで、仲間内の誰かが捕まり着替えられたり、事前に情報が漏れたりしていれば、それは逆に、敵を無傷で招き入れる〝隙〟となってしまう。

しかし、彼の〝万全とは言えない〟という言葉を聞いて、そういう可能性も排除せず、警戒心を解いていない様がよくわかる。

「建設作業用のエレベーターでまいりますので、こちらへ」

部下に導かれ、格子枠しかないエレベーターに乗り込む。

昇降ボタンを押すと、モーターの音が唸り、箱が上がっていった。

各フロアや敷地内は薄暗い。夜間工事もできる照明数がある中、三分の一程度しか照らしていなかった。

エレベーターが止まる。格子ドアの先には、神城の姿があった。

ドアを開けた部下が促す。

工藤と亜香里は、神城の下に歩み寄った。

「似合ってるな、工藤。体はどうだ？」

「朝までは動けます。ボディースーツもいい具合にサポートしてくれていますから」

話す工藤の背筋は、ピンと伸びていた。

「それより、この椅子はなんですか？」

神城の傍らにある椅子を見やる。

背もたれが高く座面も分厚い、革張りの大きな椅子だった。

「頭首の椅子だ」

「何も、こんなところに持って来ることはないでしょう」

工藤が苦笑する。

「もちろん本物ではない。長老の部屋にあったものとほぼ同じ型のレプリカだが、おまえにはここへ座ってほしい。一つは威厳を示すため。もう一つは、おまえの体力を温存するためだ」

「威厳が必要ですか？」

「おまえの本意ではないだろうが、見せることも必要な時はある」

「……わかりました」

工藤は渋々腰かけた。

「もっと深く座って、背にもたれて、脚を組んでくれ」

「何をさせる気ですか？」

「いいから」

神城が急かした。

工藤は言われた通りに深くもたれ、脚を組んだ。

「左手は肘掛けに。右手にはレッドホークを持って、銃の側面をこっちに向けてくれ」

「本当に何をするつもりですか？」

工藤の問いに、神城は答えない。

仕方なく、工藤は指示通りの格好を決めた。

神城は自分のスマートフォンを出して何度もディスプレイを見つめていた。そして、独り頷くと部下を呼んだ。

「この角度と距離で写真を撮れ」

「わかりました」

部下がスマートフォンを受け取った。

神城が工藤の右脇に立つ。

「川瀬、おまえは左に立って、背もたれに肘をかけてくれ」

「私もですか？」

亜香里が訊く。

神城は頷いた。

亜香里は、見上げる工藤に苦笑いを覗かせ、言われた通り、椅子の左手に立ち、肘をかけて少し上体を傾けた。

「いいぞ。何枚か撮ってくれ」

神城が命じる。

部下が何枚か写真を撮った。神城の下に駆け寄ってくる。

「こんな感じですが、いかがでしょうか？」

神城に見せる。

「いいな。ありがとう、警備に戻ってくれ」

「はい」

部下は返事をし、持ち場へ戻っていった。

神城は撮れた写真の中から一枚を選んで表示した。

「いい感じで撮れただろう」

工藤に見せる。亜香里も、神城の手元を覗く。

「あ、かっこいいですね」

亜香里が言う。

スポットライトの明かりがほんのりと被り、陰影の濃い写真だ。ギャングのボスが座っているような重厚感が出ていた。

「これをどうするつもりですか?」

「こうするんだ」

神城は工藤に見せながら複数のメールアドレスを選択し、写真を添付し、一斉送信した。

「誰に送ったんですか?」

「組織の幹部たちだ」

「ただ写真だけを?」

亜香里が訊く。

神城は亜香里に目を向けた。

「写真だけでいいんだ。この写真が何を意味するか、組織の人間であれば理解する」

神城が力強く言った。

「正統継承者を知らしめるということですね」

工藤の言葉に、神城が頷く。

「工藤が正統継承者であることは、組織内でも認知されていた。おまえが出てくれば、従おうと決めている者も多かった。しかし、その後、おまえは表に出て来ず、徳丸が大谷の後ろ盾を得て、組織を乗っ取ろうと画策した。そのことで、組織は混乱した」

「すみません……」

　工藤がうなだれる。

「過ぎたことだ。が、今ここで、満を持して、正統継承者が現われた。形だけとはいえ、暫定頭首の私が君の横に立ち、君は本物のレッドホークを握っている」

「つまり、暫定頭首の権限が、正統継承者に完全移行した、という意味になるわけですね？」

　亜香里が言う。

「そういうことだ」

　神城は、大きく首を縦に振った。

2

　大谷や岳人たちは、二台のハイヤーに分乗して、神城から指定された港湾地区の工事現場へ向かっていた。

大谷の乗るハイヤーには、後部座席に大谷と岳人、助手席には梶木がいる。

もう一台のハイヤーには、黒須とカレン、アジトから連れて来られた仁部が乗っていた。

「先行チームは？」

大谷が訊く。

岳人は腕時計に目を落とした。

「あと十分ほどで、現場に着くと思いますが」

「大丈夫だろうな？」

「おそらく、配置からみて三十名程度の警護だと思われます。こちらは、うちだけでなく、大谷さんたち相談役の方々に付いているグループの精鋭も集め、五十名はいます。多少の犠牲は出るでしょうが、制圧はできるでしょう」

「徳丸の言う通りだぜ、大谷。神城は強えが、俺たちの精鋭が束になってかかりゃあ、どうにもなら――」

話している時、梶木のスマートフォンが鳴った。大谷と岳人のスマートフォンの着信音も同時に鳴る。

三人はそれぞれがスマートフォンを出した。着信メールを開く。

大谷らの表情が険しくなった。

「これは……」

大谷がつぶやく。

神城が送った写真だった。

「やべえな、こりゃあ」

梶木が助手席で渋い顔をした。

大谷のスマホが鳴った。電話だ。すぐに出る。

「ああ、黒須さん。メールですね、見ました。はい……はい。そうですか。お願いします」

手短に話し、電話を切る。

「じーさん、何と？」

梶木が訊いた。

「さっそく、離反者が現われたそうだ」

「早えな」

「仕方ない。工藤は本来、正統継承者だし、紅い鷹の血を継ぐ者だからな。この写真を見せられれば、組織が工藤の下にまとまると思う者が出ても当然だろう」

大谷はスマホに写る写真を睨みつけた。

「黒須さんは、他の賛同者にも連絡を取ってみると言っていた。梶木さんも連絡してみてくれますか」

「そうだな」

梶木はさっそく、自分に付いていたグループのリーダーに電話をかけ始めた。

大谷も自分の息のかかった者に連絡を入れる。ほとんどが電話に出ない。メールやショートメッセージもブロックされている。

大谷は憤懣《ふんまん》をあらわにし、顔を上げた。

ふと、岳人の様子が目に入る。

岳人はスマホをポケットにしまい、車窓を眺めていた。

「君も確認しろ」

大谷が言う。

「うちの連中は大丈夫ですよ」

「わからんだろう」

「相談役の方々とは違って、うちは直系なので、裏切る者はいません」

皮肉を込めて言う。

「それより、大谷さん。大丈夫ですか?」

「何がだ」

苛立った口ぶりだ。

「先行チームには、大谷さんたちに加担した者らも含まれます。ここへ来て、彼らが寝返れば、我々が到着する前に、うちは全滅だ」

「寝返ることはない！」

「言い切れますか？」

大谷を見据える。

大谷は動揺を覗かせた。

「手を打っていいですか？」

「どうするつもりだ」

「信頼できるのは、うちだけですから」

岳人は言うと、スマホを出した。平林に連絡を入れる。

大谷は岳人を見ていた。

「……平林か。俺だ。黙って聞け。状況が変わった。現地到着前に、各グループのリーダーに離反するかどうかを確認しろ。離反すると言った者はその場で始末。終わったら、現場付近で待機しておけ」

命令し、電話を切った。

「岳人。正気か！」

大谷が怒鳴った。

梶木が連絡中の電話を切って振り返る。

「うるせえな。どうした？」

「岳人が、我々の仲間を切った」

大谷の言葉を聞き、梶木は岳人を睨みつけた。

「どういうつもりだ？」

「信用のおけない者は切る。作戦の鉄則じゃないですか？」

「相談役の賛同者が信用できねえとでも？」

「相談役以上の実力者が現われましたからね。力のある者に巻かれるのは、仕方のないことです」

「てめえのとこもそうじゃねえのか？」

「ご心配なく。うちのグループで圧倒的な実力者は、僕ですから」

岳人は気負いなく言い切った。

大谷と梶木は岳人を睨む。が、実際、自分たちが引き入れたグループは次々と連絡を絶っている。

改めて、レッドホークに支えられる組織の頭首の力を思い知らされ、二人とも苦々しい心情をあらわにしていた。

「大谷さん。ここは保険なしで、当初、大谷さんが描いた図で攻めましょう」

「しかし、そうなると、我々は神城の部下に囲まれることになる。万が一、衝突すれば、助かる保証はないぞ」

「長老を抹殺すると決めた日から、伸るか反るかの大勝負。もとより、自らの死も覚悟の上と思っていましたが、違うんですか？」

嘲笑うような目つきで大谷を見やる。

大谷は腹立たしいながら、返す言葉がなかった。

「まあ、心配しないでください。目の前に現われた獲物は、確実に仕留めますから」

岳人は余裕を見せ、脚を組んだ。

大谷は黒須に電話を入れた。

「──ああ、黒須さん。離脱者の確認はもうやめてください。当初の計画通り、我々でカタをつけましょう」

話しながら、大谷は岳人を睨みつけた。

3

平林が率いていた先行チームの車四台は、港湾地区倉庫街の外れにある空き地に入った。

明かりは、各車のヘッドライトのみ。到着した車のライトが黒い水面を照らした。

平林が車を降りると、他の車に乗っていた他グループのリーダーたちも降りてきた。

平林は、二台の車のヘッドライトが交差するあたりまで歩いた。リーダー三人が平林に近づいてくる。

「平林、計画変更とはどういうことだ？」

スーツを身に着けた恰幅のいい中年男が口を開いた。

「そろそろ、みなさんのスマホにも送られてくると思いますが、これをごらんください」

平林は自分のスマホ画面を見せた。

三人のリーダーが、平林の手元を覗き込む。途端、三人は一様に目を見開いた。

「これは……！」

中年男が驚きを漏らす。

「頭首の正統継承者、工藤と、彼の右腕である川瀬亜香里。神城は後見人でしょう。先ほど、組織の主だったリーダーと相談役に送られてきたものです」

「組織は完全に工藤の下に集結するということか？」

頬のこけた痩せぎすの中堅リーダーが訊く。

「そうなるでしょうね」

平林が答える。

「おい、組織は大谷さんたち相談役の合議制になるんじゃなかったのか？」

小太りの男が訊いた。

「その予定でしたが、工藤は手にレッドホークを持っています。おそらく、本物でしょう。この写真を見せられれば、ほとんどのグループは正統継承者に従うものと思われます」

「つまり、俺たちは反逆者ということになるのか？」

「そういうことになりますね」

「冗談じゃないぞ！　おまえらや相談役が、暫定頭首である神城には絶対に勝つというから、この話に乗ったんだ。正統継承者の工藤が生きていたことすら、俺たちは知らなかった。いや、生きていると知っていれば、こんな話には乗っていない。騙したのか！」

小太りの男は額から汗を流し、顔を真っ赤にして怒鳴った。

「我々も、工藤が生きている可能性は否定していませんでしたが、まさか、このような形で表舞台に姿を現わすとは思ってもいませんでした。工藤を殺るなら、みなさんに初めからそう伝えています。正統継承者を殺すわけですから」

平林は淡々と答える。

リーダーたちは疑心暗鬼ながらも、水掛け論をしている余裕はないと言いたげな焦りの表情を滲ませていた。

「どうするんだ、おまえらは？」

スーツの中年男が訊く。

「うちの徳丸が、みなさんに訊いてほしいことがあると言っていました。よろしいですか？」

「なんだ？」

「ここから先は、工藤が正統継承者とわかってからの戦いになります。みなさんは、どちらに付きますか？」

平林がまっすぐ問うた。

リーダーたちの顔が強ばる。

「どちらでもいいと、徳丸は言っています。想定外の出来事ですから」

「徳丸はどうすると？」

痩せぎすの男が訊いた。

「小異を捨て大同に就く、と」

平林が言うと、三人は顔を見合わせた。

「そりゃあ、正統継承者の軍門に下るということか?」

小太りの男が訊く。

平林は小太りの男を見つめるだけ。明確なリアクションは見せない。

「徳丸も工藤に付くってことだろ? だったら、俺は降りる!」

小太りの男は、真っ先に戦線離脱を表明した。

「俺も降りる。勝ち目はねえ」

痩せぎすの男が言った。

スーツの中年男は逡巡していたが、やがて、頷いた。

「そうだな。命あっての物種だ。勝ち馬に乗らなきゃ、やってられねえ」

「では、戦線離脱がみなさんの総意ということでよろしいですね?」

平林が念を押す。

三人は首肯した。

「わかりました。指示を仰ぎますので、みなさんの車に戻って、お待ちください」

平林は言い、先に自分たちの車に戻った。

三人のリーダーたちも、それぞれの車に戻っていく。

平林は車の陰で、電話をするふりをしながら、三人が車内へ入るのを確認した。そして、車内の仲間に目を向け、頷く。

ワンボックスカーのスライドドアが開いた。徳丸グループの仲間が一斉に飛び出す。その手にはサプレッサーの付いたマシンガンが握られていた。

六人の男が三手に分かれ、三台の車を左右で挟み撃ちにする。そして、間髪を容れず、掃射した。

ガラスが砕け、ボディーに無数の穴が開く。タイヤが破裂する。銃弾がライトを破壊し、明かりが消える。

車内にいる者に容赦なく弾幕が降り注ぐ。

怒号と叫びがこだまする。しかし、まもなく車内の人間たちは蜂の巣になり、一人、また一人と絶命していく。

残ったガラスや車内のシートがみるみる赤く染まっていく。

あたりはたちまち硝煙に包まれ、つんとする臭いが鼻を突いた。

平林はスマホを握り、マズルフラッシュが照らし出す惨劇を見つめていた。

仲間たちが弾倉にある銃弾を撃ち尽くした。あたりが闇に戻る。現場を照らすのは、平林たちが乗っていたワンボックスカーのヘッドライトのみだ。

仲間たちは、ヘッドライトの明かりを頼りに、生き残っている者を捜した。時折、各所で単発のくぐもった銃声が響く。

平林は右手の海に近い場所に停車している車を見た。後部右側のドアが開き、小太りの男が転がり落ちた。

しぶとく生き残り、血まみれながら、地面を這いずって逃げようとしている。

平林は腰に差したオートマチックを抜いた。ゆっくりと男に歩み寄る。仲間も近づいてきた。平林は左手で仲間を止めた。そして、小太り男の正面に立つ。

顔に影が差す。小太りの男は震えながら血に染まった顔を起こした。

「てめえ……騙し……やがったな……」

「騙した？　それは言いがかりだ。俺は徳丸さんから、こう指示を受けていた。離反する者はその場で始末しろ、と」

「小巽を捨てて大同に就くと言っただろうが……」

「言いましたよ。けど、何か勘違いされているようだ。小巽は工藤の側。大同は我々だ。あんたらは、俺たちには付かないと言ったんだ。殺されても当然だろ？」

「貴様……」

小太りの男が、平林の右足首をつかんだ。力はない。

「目先の損得勘定でコロコロ態度を変える連中が一番信用できねえ。己の底の浅さを恨んで──」

平林は小太り男の頭部に銃口を向けた。

「死ね」

闇に太い銃声がこだました。

小太り男の頭蓋骨がはじけ飛んでいた。平林の足首を握ったまま、地面に突っ伏す。流れ出る血が地面に吸い込まれていく。

仲間が駆け寄ってきた。

「平林さん、全員射殺しました」

「車に突っ込んで燃やせ。火を点けたら、撤収する」

「わかりました」

仲間が、他の仲間の下へ走る。外に出た遺体を車に詰め込んだ後、三人を残し、他の三人が武器を預かって、ワンボックスカーに戻ってきた。

平林は助手席に乗り、処理を見守った。

残った三人は給油口の蓋を開けた。タバコに火を点け、咥える。そして、一服した後、給油口にタバコを放り込んだ。急いで、車から離れる。

気化したガソリンに火が点いた。三台の車がほぼ同時に爆発した。

鳴動し、ガラスや鉄板が飛び散った。爆破の勢いで引き裂かれた肉体が火の中で躍る。

外にいた仲間たちは地面に伏せた。

炎はたちまち車体を飲み込んだ。

ワンボックスカーは急発進し、地面に伏せた仲間の下を回った。仲間が立ち上がり、開いたスライドドアからシートに飛び乗る。

車はスライドドアを半開きにしたまま、スピードを上げ、現場から立ち去った。

炎は車体と人間を燃やし、闇夜を朱に照らし続けた。

4

岳人たちを乗せたハイヤー二台は、神城が指定した工事現場に到着した。

見張り台にいた神城の部下が、マシンガンの銃口をハイヤーに向けた。

大谷が車から降りてきた。

「神城！　工藤！」

大谷の声が闇に轟いた。

「顔を見せろ！」

大谷が叫ぶ。

しばし、静寂が戻る。

待っていると、見張り台に神城が顔を出した。

「なぜ、二台も車がある？　俺は、おまえと岳人で来いと言ったはずだが」

神城は上部から大谷を見下ろした。

大谷は神城を見上げた。

「二台で来た理由はこれだ」

大谷が後方に停まっている二台のハイヤーに向かって左手を上げた。

それぞれの車後部の左右のドアが開いた。前の車からは岳人が、後ろの車からはカレンが降りてきた。二人とも車内側に残った手で何かをつかんでいる。二人がその何かを引きずり出す。

神城は右目を見開いた。

相談役の黒須と仁部だ。黒須は岳人が、仁部はカレンが腕をつかんでいる。黒須と仁部はタオルで猿ぐつわをされ、後ろ手に縛られていた。

岳人は途中で、黒須たちの車に乗り換えていた。

大谷も開いたドアの奥に手を入れた。大柄の男を引っ張り出す。梶木だった。黒須や仁部と同様、口と両手首を拘束されている。

三人とも、首筋にナイフを突きつけられていた。

「どういうつもりだ！」

神城が怒鳴った。

「貴様があんな写真を送ってくるからだ。工藤の下で組織がまとまれば、私たちの生きる道はない。だが、君たちが相談役を見捨てたとなれば、話は別だ。相談役も簡単に見捨てられ、殺されるとなれば、後ろ盾がいなくなる。そうなれば、組織は権力に潰される。おまえならわかるだろう、この意味が」

大谷は勝ち誇ったような笑みを覗かせた。

神城は奥歯を噛んだ。

大谷の言う通りだった。

組織は殺しを生業としているが、各業界や政府の重鎮を相談役として迎えることで、無謀な殺戮を行なわない限り、罪に問われることはなかった。

表と裏の持ちつ持たれつの関係が、組織を守る大きな防壁となっている。

むろん、その関係を快く思っていない者も多い。そもそも非合法組織だ。防壁が崩れた途端、国家権力をもって、壊滅しようとするだろう。

「取引がしたい！　工藤に会わせろ！」

大谷が声を張る。

神城が迷っている様が、大谷にもよくわかった。

少しして、神城が見張り台から姿を消した。同時に仮囲いの搬入口が開きだした。隙間から、神城の部下が銃を握ってなだれ出てくる。たちまち、大谷たちは十数の銃口に囲まれた。

その奥に神城がいた。

「相談役を放せ。蜂の巣にするぞ」

「脅しは効かん。この様子は、いつでも動画で流せるよう、セットしてある」

大谷が言った。

ブラフかもしれないが、本当であれば、言動にも注意を払わなければならない。

「来い」

神城は言い、背を向けて歩き出した。

大谷たちを取り囲んだ男たちが、工事現場のほうにだけ道を開けた。

大谷と岳人、カレンは、縛った相談役たちを盾に、中へ入っていった。大谷たち六人が入ると、仮囲いの搬入口は閉じられた。

神城の部下が六人を取り囲み、ゆっくりとビルの方へ連れていく。

エレベーターには神城の部下二名が先に乗り込み、大谷と梶木が乗せられた。二人ずつ三階へ運ぶ。同じように、岳人と黒須、カレンと仁部が三階に運ばれた。

大谷たちは拘束した相談役を自分たちの前に置き、彼らを挟んで、工藤らと対峙した。

岳人は大谷の右手に、カレンは左手にいる。

三人は大きな椅子に鎮座する工藤を見据えていた。

「やっと顔を出したな、工藤」

岳人が強く睨む。

工藤も見返した。

「おまえらが面倒を起こすからだ」

「おまえが出てこないから、こうなった。初めから、俺とおまえがやり合っていれば、多くが死ぬことはなかった。神城の部下も、あの看護師もな」

岳人が言う。

カレンが片笑みを浮かべた。亜香里がカレンを睨みつける。

工藤が立ち上がった。亜香里と神城が両脇を固める。

挟まれた相談役たちは蒼ざめていた。特に仁部はおろおろとして落ち着かず、今にも気を失いそうなほど、血色が悪かった。

「無駄話はそのくらいでいいだろう」

大谷が口を開いた。

梶木の肩越しに工藤を見据えた。

「工藤、取引をしよう」

「言ってみろ」

工藤は大谷に目を向けた。

「条件は一つ。相談役はおまえらに渡す。代わりにレッドホークをよこせ」

「そんな虫のいい条件を呑むと思うのか?」

神城が言う。

「おまえには訊いていない」

大谷は神城をひと睨みして、工藤に視線を戻した。

「受け入れられなければ、相談役は全員殺す。当然、我々も殺されるのだろうが、組織は維持できない」

「レッドホークを手に入れただけでは、頭首にはなれないぞ」

「おまえはその銃の威光をわかっていない」

大谷は工藤の左胸あたりを見やった。

「頭首になるための条件として、最も重要なものがその銃だ。他の条件は形式的なもの。組織内で無用な争いを起こさせないための法のようなものだ。他の掟は破られても、真のレッドホークの威光だけは揺るがない。多少の混乱はあれど、最終的に組織に属する者たちは、その銃の下に集い、従う」

「であれば、ますますおまえのような者には渡せないな」

神城がまた口を挟む。

「貴様は黙っていろ！」

大谷が怒鳴った。

「どうする、工藤。今、ここで返事をしろ」

大谷は迫った。

工藤は目を閉じ、少しうつむいた。壁もない吹き抜けのフロアに緊張感が漂い、空気が重くなる。

工藤はしばし思案し、ゆっくりと顔を起こした。そして、スーツの上着を脱ぎ捨てた。レッドホークを収めたショルダーホルスターを外し始める。

「工藤!」

神城が工藤の腕を握った。

「渡してはならん!」

止めようとする。

工藤はその手をやんわりと解いた。

「僕の目的は、この争いを終わらせること。できればもう、誰の血も流したくはないんです」

そう話し、ホルスターを取った。右手に握り、大谷を見返す。大谷は目の前にぶら下がった〝宝〟を見て、目を輝かせた。

「僕からも条件がある」

「条件は一つだ」

「ダメだ。おまえの条件を通そうとするなら、頭首の命で、おまえたちをただちに処分する」

工藤はまっすぐ大谷を見つめた。

大谷は口辺を歪めた。

「この銃はおまえに渡そう。その代わり、現組織はこの場で解散する。おまえらが新たな組織を作ろうが作るまいが、それは好きにしろ。ただ、解散後、殺し屋を辞めた者に対してかまうな。一切関わるな。それが条件だ」

工藤が言う。

その発言には、大谷だけでなく、岳人やカレン、相談役の面々、周りを固める神城の部下までが驚いていた。

「まずは、相談役を放せ。話はそこからだ」

「解放した途端、襲うのだろう？」

「そんな真似はしない」

工藤はホルスターを頭上に掲げた。

「頭首として命ずる！　全員、銃を下ろせ！　相談役解放後、大谷、徳丸、夏海カレンには手を出すな！」

工藤の声が響いた。

神城の部下たちは戸惑った。が、レッドホークを持つ頭首の命令。従うしかなく、一人、また一人と銃口を下げた。

「さあ、放せ」

工藤は大谷を直視した。

大谷は周囲を見回した。殺気は漂うものの、警護の者が襲ってくる気配はない。

大谷がナイフを下ろした。梶木の後ろ手を拘束していたロープを切り、猿ぐつわを外す。

「行け」

梶木の背中を押す。

梶木はよろよろと前に出た。

「おまえらも従え」

岳人とカレンを交互に見やる。

二人も、黒須と仁部の拘束を解き、背中を突き飛ばした。

相談役たちは、おぼつかない足取りで工藤たちの方へ歩いてきた。

工藤は大谷を見据えていた。神城は岳人を、亜香里はカレンを睨んでいる。互いが視線を外さない。

仁部は途中から走り出した。工藤の前に駆け寄る。

「ありがとう。ありがとう！」

涙を流しながら、何度も礼を言う。

工藤は少しだけ笑みを見せた。

黒須と梶木も近づいてくる。黒須がよろけて転びそうになる。梶木は黒須を支えた。脇に腕を回し、抱えて、工藤の前まで来る。

「工藤、助かったよ」

梶木が言う。

「本当だ。あんたが頭首でよかった」

黒須がやおら顔を上げる。

瞬間、黒須の羽織が揺れた。

スポットライトの明かりに刃が反射する。

「雅彦さん！」

亜香里の叫びが轟いた。

5

黒須が握った短刀の刃は、工藤の喉元寸前に迫っていた。

両脇を固めた亜香里と神城は動けない。誰もが息を呑んだ。

工藤は少し仰け反った。同時に、右手に握ったホルスターを振り上げる。銃を収めたままのホルスターは、黒須の右手首を撥ね上げた。体のねじれを利用して、工藤は左前蹴りを放った。黒須の懐に靴底がめり込む。黒須が後方へ飛んだ。

梶木が腕を伸ばした。工藤の首をつかもうとする。

工藤は蹴りの反動を使い、後方へ飛び、後転した。目の前に転がってきた工藤に驚き、仁部が後ろに飛び退き、椅子の裏に回り込む。

梶木が工藤に迫ろうとした。

神城が躍り出た。梶木に回し蹴りを放つ。梶木が左横に飛ぶ。亜香里はナイフを手に取り、梶木の背後から首を狙い、水平に振った。

気配を感じた梶木が深くしゃがむ。梶木の髪を刃が掠めた。梶木はそのまま後転し、立ち上がった。

黒須の急襲が失敗したのを見て、岳人とカレン、大谷も同時に動いていた。

三人は、左右、背後にそれぞれ、手に持っていたナイフを投げた。ナイフの軌道は的確で、大谷らを囲んでいた神城の部下に刃が刺さった。

三人はすかさず三方に散って、負傷した神城の部下に襲いかかった。

岳人は疾風のような速さでうずくまった部下の前に迫った。部下が顔を起こし、銃を持った腕を上げようとする。

それより速く、岳人の右脚が振り上がった。爪先が部下の顎を捉えた。

部下の顎が跳ね上がる。体が浮き上がり、そのまま柱の向こうに落ちていく。

カレンはヒールを鳴らして後方転回しながら、ナイフを胸に受けた部下に迫った。

部下は立ち上がり、銃口を起こした。引き金に指をかける。

部下の前で体を起こしたカレンは、そのまま回し蹴りを放った。ヒールの先が男の腕を弾き、銃が手から飛び転がる。

その銃が大谷の前に滑った。大谷は銃を拾うと、太腿にナイフが刺さり、片膝をついている神城の部下に向けた。

間髪を容れず、発砲する。サプレッサーが火を噴き、部下の頭部を撃ち抜いた。部下の頭蓋骨が砕け、血を噴き出し、そのままフロアに突っ伏す。

大谷の銃口はすぐさま工藤に向いた。

工藤はとっさに椅子を飛び越えた。椅子の裏に降り、しゃがんで身を隠す。

椅子の背から綿が飛び出た。貫通した銃弾が椅子の後ろにいた仁部の頬を掠める。仁部は目を見開いて固まった。

「工藤！　走れ！」

神城が後ろに目を向けた。

工藤は頷き、仁部の襟首を引いた。

「死にたくなければ、ついてこい！　亜香里！」

工藤が声を張る。

亜香里が工藤の方を見て、首肯する。三人と仁部は、一斉に踵を返し、後方へ走った。

大谷が銃を向ける。そこに、スポットライトが当たった。大谷の目が一瞬眩んだ。

その隙に工藤たちは、フロアの端まで来ていた。

「飛ぶぞ！」

工藤が仁部に声をかけた。

「えっ、えっ！」

仁部が立ち止まる。

「早くしろ！」

工藤は仁部の背中を押した。同時に、自分もフロアの端から飛び降りる。

左右では、神城と亜香里も飛んでいた。

「わあああ！」

仁部が絶叫した。

四人の体が暗闇に舞う。工藤は頭が下を向いていた仁部の肩口を、空中で蹴った。

仁部の体がゆっくりと回転する。そして、脚から下に落ちた。脚がずぶずぶと沈む。

横では、工藤が背中から落ち、沈む。神城と亜香里も背中から落ちて、沈んでいった。

マットが敷かれていた。工藤たちは反動を利用して起き上がり、素早く地面に降りる。

仁部はマットの上でもがいていた。

と、大谷たちが三階フロアの端に顔を出した。大谷が銃を向ける。

仁部の顔が引きつる。

マットの周りを囲んでいた神城の部下が、一斉に銃口を上に向け、引き金を引いた。

弾幕が大谷たちを襲う。大谷らは姿をひっこめた。銃弾が三階フロアのコンクリートを砕く。破片がマットに降ってきた。

仁部は頭を抱えた。神城の部下がマットに上がり、仁部を引きずり下ろす。

そして、一階フロアにいる神城たちの下へ連れていった。

神城は仁部の襟首をつかんだ。引き寄せ、銃口をこめかみに当てる。

仁部が小さな悲鳴を漏らした。

「おまえら、グルか？」

右目で睨む。

「私は知らん！　本当だ！」

「相談役の三人が襲ってきた。おまえが知らないわけないだろう」

銃口を押しつける。

「本当だ！　私は徳丸たちに捕まり、さっきまで監禁されていて、協力を求められていた。もちろん、断わった。が、急に連れ出されて来てみたら、こんなことになった。何も知らなかった。知らなかったんだ！」

仁部は必死に訴えた。

工藤と亜香里は、仁部の様子を見ていた。

あわてふためき、動揺している様は、三階フロアに連れて来られてからこれまで一貫している。

神城は工藤を見やった。

工藤は頷いた。神城が銃口を下ろした。

「失礼しました。我々は、すべての相談役を疑っていましたもので」

「なぜだ！」

「誰かが徳丸に手を貸さなければ、長老を襲うことはできませんでした。それも、下っ端や組織幹部程度の者では、手引きなどできません。消去していけば、徳丸を手助けした人間は相談役の誰か、という結論に至ります。ただ、桃田さんはないと思いました」

「なぜ、桃田だけ――」

「私と共に工藤を警護していたからです。工藤を殺すにはたやすい位置にいながら、警護をまっとうしていた。むろん、百パーセント信用していたわけではありませんが、他の方々よりは信用できると判断しました。しかし、その桃田さんとも連絡が取れなくなりました」

「どういうことだ？」

「おそらくもう、生存していないでしょう」

神城の言葉に、仁部が生唾を飲み込んだ。

「仁部さん」

工藤は声をかけて歩み寄った。仁部が工藤を見やる。

「これを預けます」

手に持ったホルスターを差し出した。

仁部は驚いた。

「私にレッドホークを？」

「はい。あなたが徳丸たちの仲間でないと信じます。これを持って、神城さんの仲間と共にここを出て、隠れていてください」

「君たちは？」

「僕らは、連中とカタを付けないことにはどうにもなりませんから」

工藤はちらりと上階を見上げた。視線を仁部に戻す。

「もし、僕に何かがあった場合は、あなたがレッドホークの名の下に組織を裏切った徳丸や大谷らを処分し、その後、組織を解散してくれませんか？」

「私にそんな大役は……」

「頼めるのは、仁部さんしかいません。お願いします」

工藤が頭を下げる。神城と亜香里が工藤の横に並び、同じように頭を下げた。

「工藤君。もし私が彼らの仲間で、情けない相談役を演じていたとすればどうする？」

仁部が訊く。

「その時は――」

工藤は顔を上げた。

「僕の負けです」

そう言い、笑顔を見せた。

仁部は呆気に取られた。そして、笑い始めた。やおら、神城に顔を向ける。

「神城君。新頭首は実に素晴らしい人物だな」

「私もそう思っています」

神城が笑みを覗かせる。

仁部は工藤に目を向けた。

「この銃は、しかと預かった。頭首の命において。その代わり、連中は確実に処分してくれ」

指で上階を指す。

「わかりました」

工藤が言う。

仁部は強く頷き返した。

神城が部下を三人呼んだ。

「仁部相談役を警護し、用意した屋敷まで連れて行くように。その後の警備も頼む」

「承知しました」

三人のうちの一人が、仁部を促した。

「こちらへ」

向かった先には、鉄蓋があった。上に開くと、下へ階段が延びていた。

仁部が神城を見やる。

「地下工事を担当する作業員が使っている通用口です。ここから敷地外に出られます」

「そうか。後のことは心配いらん。私が後見人となり、各方面を抑える。くれぐれも徳丸らの処分は頼むぞ」

仁部は神城と工藤、亜香里を一瞥し、神城の部下らと共に地下へ降りていった。

仁部たちを見届け、神城が鉄蓋を閉じる。

「さて、工藤。覚悟はいいな」

神城が片目で工藤を直視した。

「はい」

工藤は首肯した。

「川瀬も」

神城を見て、亜香里も深く頷く。

「行こう」

神城が言う。

三人は再び、エレベーターに乗り込んだ。

6

三階では、大谷らが中央に集まっていた。フロアの端にいれば、外を囲む神城の部下の銃に狙われる。

三階フロアの神城の部下は倒したので、中央にいる限りはまだ安全だが、動くに動けない状況でもある。

岳人は少し離れたところでスマートフォンを耳に当てていた。

「まさか、失敗するとはな」

梶木が黒須を睨む。

「ありゃあ、工藤を褒めるべきだろう。わしの刃をかわすとは、相当の実力じゃ」

「老いぼれたんじゃないのか？」

「おまえさんこそ、工藤に触れることもできんかったじゃないか」

黒須が下から睨み上げる。

梶木は気色ばみ、目を剝いた。

「まあ、二人とも、もうよろしい。過ぎたことです」

大谷が諫めた。

黒須と梶木は互いに顔をそむけた。

「どうすんだ、大谷。連中、逃げちまったかもしれねえぞ」

梶木が言う。

「仕切り直しましょう。今は、ここを出ることが先決。岳人」

大谷が声をかけた。

岳人が電話を切って、戻ってくる。

「どうだった？」

「裏切り者は処分したそうです。うちの人間、六、七人は、あと十分でここに到着します」

「助っ人はたったの七人ということか？」

梶木がため息をつく。

「うちの精鋭は、一人で十人分の働きをしますよ」

「そいつは頼もしい」

梶木は鼻で笑った。

岳人は皮肉を相手にせず、大谷に話を向けた。

「平林らには、そのままここへ車ごと突入するよう命じました」

「おいおい、貴重な助っ人を犬死させるつもりか？」

梶木が口を開く。

「少し黙っていてもらえないか」

大谷が業を煮やし、強い口調で言って梶木を射すくめた。

梶木の頬が強ばる。

大谷は岳人に目を戻した。

「突っ込ませてどうする？」

「車を爆破させます」

岳人が平然と言う。

「私の部下は爆破寸前に飛び降り、そのまま四方に掃射します。神城の部下とはいえ、そこまでされて冷静に動けるはずはありません。地上が混乱している隙を見て、我々は脱出します」

「車の爆破で、この建物が吹き飛ぶことはないのかな？」

黒須が訊く。

「そこまでの爆破はしません。やられても二階のフロアまででしょう」

「どうやって、降りるつもりなのだ？」

「作業員用の階段が残れば、階段で。エレベーターが使えれば、それでもいいでしょう。どちらも壊れれば、飛び降ります」

「雑過ぎるんじゃねえか？」

梶木がたまりかねて言った。

岳人は梶木を見返した。

「ここで工藤を仕留められず、こちらも死なないというシナリオは想定していなかったもので」

「それは、わしに対する皮肉かな？」

黒須が殺気立った。瞬間、袖に隠した短刀を抜き、岳人に襲いかかった。

切っ先で喉を狙う。不意で素早い動きだ。

岳人は右手のひらを前面に出した。指の股に刃を通し、柄を握った黒須の手を握り締める。絶妙な見切りで、岳人の指には傷一つつかなかった。

黒須が腕を引こうとする。しかし、岳人の指が手の甲に食い込み、動かせない。鷹の爪に囚われた蛇のようだった。

「黒須さんはお気づきになっていないようですが、あなたの動きには大きな欠点がある」

岳人が爪を食いこませる。

黒須の相貌が歪み、指が開いた。

「あなたが仕込んだ短刀を握る際、かすかに袖が揺れるんです。おそらく、工藤もそれを見切ったのでしょう。それ以外は、超一流だと思いますが」

岳人は黒須の手から短刀を奪った。

手を放す。黒須の甲には、岳人の爪の痕が残り、血が滲んでいた。

「ですが、私も黒須さんの意見には賛同します。いくら、わずかな初動に気づいたとはいえ、黒須さんの不意討ちをかわすことができる点は工藤に実力がある証拠。彼の腕が想像以上のものであったことがわかった今、なりふりかまわず撤退する方がいいと思います。逃げ果せれば、またチャンスは訪れるでしょうから」

岳人は刃を持ち、柄を差し出し、黒須に短刀を返した。黒須は渋面ながら、短刀を受け取った。

「ともかく、ここは力を合わせて——」

大谷が話をまとめようとした時、カレンが声を出した。

「その必要はないみたいですよ」

そう言い、エレベーターの方を見る。他の四人も、カレンの視線を追うように、エレベーターへ目を向けた。

鉄格子の奥に工藤と神城、亜香里の姿があった。

岳人たちは大谷を中心に横並びとなり、エレベーターを見据えた。

工藤たちがエレベーターから降りてきた。工藤を真ん中に横に並び、大谷たちに歩み寄る。

五メートルほど前まで来て、工藤たちが立ち止まった。

対峙する。

「余裕だな、工藤」

大谷が持っていた銃を起こした。工藤を狙う。

「レッドホークは、もうここにはないぞ」

工藤は大谷を見据えた。

「僕を殺すなら殺せ。だが、僕が死んだ瞬間、組織の権限はレッドホークを持つ者に移る。長老に続き、新頭首も殺すんだ。おまえらに安住の地はないと思え」

眼光を強める。

工藤の沸き立つ殺気に、岳人以外の四人が気圧される。

岳人は工藤に怯む他の者を一瞥し、一歩前に出た。

「関係ない。おまえらがいなくなれば、どうにでもなる」

岳人が動いた。

一直線に工藤へ向かっていく。

亜香里が工藤の前に出ようとした。そこにカレンが宙を舞い、降りてきた。とっさに足を止め、後方へ飛び、距離を取る。

黒須と梶木も工藤に向かう。神城が躍り出て、黒須と梶木の前に立ちはだかった。間を置かず、黒須に右回し蹴りを放つ。

黒須が沈んだ。同時に、握っていた短刀を振り上げる。神城は右膝を折り、脚を引いた。左で片足立ちしているところに、梶木が殴りかかってくる。

神城は片足でダッキングした。頭頂を梶木の拳が過ぎる。風圧で髪の端が揺れる。

神城は立ち上がりざま、梶木に足刀蹴りを出した。梶木の腹部に靴底が当たる。

梶木は息を止めて腹筋に力を込め、蹴りを受け止めた。神城の右脚を握る。神城は左脚で地を蹴って、首元に脛を浴びせた。

梶木はたまらず神城の脚を放した。神城の体が宙で横回転し、地面に落ちる。腕立ての形で体を受け止めた神城の背中に、黒須の刃が迫る。

神城は両脚で地面を蹴り、低い体勢で前転し、立ち上がると同時に振り返って半身に構えた。

亜香里は上着の内側に両手を入れ、ナイフを握った。手を出すなり、二本のナイフを弧を描くように振って、カレンの上半身を狙った。

カレンは素早く後方転回をして、避けつつ距離を取った。

亜香里は追い、体を起こした瞬間を狙って、右手のナイフの切っ先をカレンの胸めがけて突き出した。

捉えた！　と思った瞬間、目にヒールの底が映った。切っ先がヒールの底に止められる。さらに金属音が響き、刃先が折れた。

「残念。これ、鉄板入りなの」

カレンは右膝から下を亜香里の前で揺らした。

「だから、当たると痛いのよ」

言うなり、カレンの膝下が鞭のようにしなり、亜香里の左顔面を狙ってきた。

亜香里はとっさに左腕を立てた。二の腕がカレンの蹴りを受け止める。蹴りは重く、押し込まれた。カレンのヒールの爪先が亜香里の首筋を打つ。

握っていたナイフが手から飛んだ。硬い爪先がめり込み、息が詰まる。たまらずよろけた。

右脚を下ろしたカレンは、その回転の勢いそのままに左後ろ回し蹴りを飛ばしてきた。

亜香里は左腕を立てたまま、右に体を傾けた。カレンの脛が当たった瞬間、右に大きく上体を傾け、そのまま横に回転した。

身を起こそうとする。カレンの脚の影が視界に映った。右脚が高々と上がっている。

亜香里は懐からナイフを取り出し、カレンの左脛を狙って、水平に振った。

気配を感じたカレンは、右脚を後ろに返し、後方に三回転して、距離を取った。

立ち上がった亜香里は、打たれた首をさすりつつ、カレンを見据えた。

「ナイフ使いは面倒だなあ。武器なしにしない？」

「あんたも鉄板仕込んでるじゃない」

「あなたみたいなのがいるからよ。まあ、いいわ。女同士の肉弾戦ってみっともないもんね。華麗に斬り合いましょ」

カレンは再び、後方にくるりと回り、落ちたナイフを拾った。

「言っとくけど、私、こう見えても刃物の扱いうまいのよ」

細い眉毛の尻がクッと上がった。瞬間、カレンが風のように間合いを詰めた。逆手に持った刃を胸元から外へ水平に振る。

亜香里が反り返って避ける。

と、カレンは伸ばした手元でナイフをくるりと回し、順手に持ち替え、外から内に振り戻そうとした。

亜香里は左逆手でナイフを握り、振り戻ってきたカレンの二の腕を自分の腕で受け止めた。そして、手首をカマキリの鎌のように曲げて、カレンの腕を切ろうとした。

カレンは素早く腕を引いた。亜香里とカレンのナイフが擦れ、金切り音を立てる。

カレンはすぐさま、切っ先を突き出した。亜香里はナイフの背でカレンの刃を下から弾き、振り下ろし気味に切っ先を突き出し、カレンの顔面を狙った。

カレンはナイフを握ったまま、片手をついて後方転回をし、距離を取った。

「たいしたものね。さすが、レッドホークの愛人だけあるわ」

カレンは嘲笑を浮かべる。

「でも、私は最強の殺し屋に愛された女だから、負けられないの。覚悟してね」

カレンが再び、間合いを詰めた。切っ先をフェンシングの剣のように突き出す。

先ほどと代わり映えのない攻撃だ。亜香里はスウェーして切っ先をかわした。

カレンの上体がやや前のめりになっていた。

亜香里は隙ありとみて、反らした上体を起こし、ナイフを突き出した。カレンは半身を切って刃先をかわし、亜香里の二の腕を握った。

その時、皮膚にチクッとした痛みが走った。

腕を振りほどき、後退する。

二の腕を見る。ダニに噛まれたような傷が白い肌に刻まれていた。

顔を上げると、カレンは距離を置いていた。にやりとして、亜香里を見つめる。

亜香里はカレンを睨み、迫ろうと左脚を出した。途端、膝が崩れる。

「な……！」

倒れそうな体をなんとか踏ん張って支える。上体を起こそうとするが、体が重い。感覚がもやっとしてきて、視界が揺れる。

「何をしたの……」

「ナイフで斬り合ってもよかったんだけど、やっぱり、私、暑苦しいのは嫌いだから、得意なところで戦わせてもらっちゃった」

そう言い、ナイフを持っていない手を開いた。パラパラと画鋲のようなものがカレンの足下に落ちる。

「薬……ね」

亜香里は背筋を伸ばそうとした。が、上体は揺らぎ、前のめりになった。足がついていかず、両膝を落とす。

顔からは汗が滲み出し、唇は紫に変色してきていた。

「簡単な神経毒。少量だからすぐには死なないとは思うんだけど、解毒が遅れると後遺症は残っちゃうし、あまり長時間放置すると、やっぱ死んじゃうかな。あ、ずるいとか卑怯だなんて言わないでね。私たち、殺し屋なんだから」

カレンは笑った。

「そのへんで寝転んで、見てなさいよ。あなたの愛しいレッドホークが殺られるところをね」

勝ち誇った笑みを向け、笑う。

「あんた……許さな……」

亜香里は手をついて立ち上がろうとした。が、力が入らず、そのままフロアに突っ伏した。

意識はある。視界もぼやけてはいるが、見えてはいる。

しかし、悔しいが動けない。コンクリートの床にめり込みそうなほど、全身が脱力していく。

工藤の目に、倒れる亜香里の姿が映った。

「亜香里！」

一瞬、視線が岳人から外れる。

そこに上段の右回し蹴りが飛んできた。気配を察し、左顔面の前にクロスした腕を立てる。

蹴りが二の腕にめり込んだ。骨が折れそうなほど軋む。

岳人が脚を振り抜く。蹴りが重い。工藤の腰が落ちる。

「よそ見をするとは余裕だな」

岳人が工藤の頭をつかんだ。左膝蹴りで顔面を狙う。

工藤はとっさに顎を引いた。膝は額に当たった。皮膚がざっくりと裂け、血が流れ出す。

工藤は岳人の股間に右手を伸ばした。つかむつもりだった。

岳人は頭から手を放し、スッと後ろに飛び退いた。

その隙に工藤は立ち上がり、大きく三歩後退した。ファイティングポーズのまま肩で息を継ぎ、腕の間からフロア全体を見回す。

亜香里は突っ伏して動かなかった。背中は上下している。死んではいないようだが、満身創痍な様は見て取れる。カレンは亜香里を見つめ、笑っていた。

神城は黒須と梶木二人を相手に戦っていた。服がところどころ切れ、顔にも切り傷や殴られた痣がある。まだ倒れていないとはいえ、圧されているのは明らかだった。

大谷は少し離れた場所で戦況を見守りつつ、目に入った神城の部下に向け、発砲していた。

その射撃の腕は確かだ。

エレベーターや階段から神城の部下が上がってこようとするが、そこを狙い撃ちにされていて、援軍が上がってこられない。

外からの射撃も大谷には微妙に届かず、弾道を見切られ、応射されていた。

工藤も劣勢に立たされていた。

岳人の攻めがキックボクシングなのはすぐにわかった。

しかし、その実力は卓越していて、防御するのに精いっぱいだ。

中途半端な攻撃はすべて見切られ、止められては反撃されるを繰り返していた。

体力は削られていた。

まだ、完全に回復しているわけではない。点滴で一時的に動ける状態に持ってきただけだ。

銃撃戦ならまだしも、肉弾戦を制するには心許ない。息が上がり、両肩が大きく上下していた。

岳人も全体を見回した。口元がかすかに上がる。

「工藤。その体で俺の攻撃をかわし、まだ立っているその実力は認めてやる。だが、おまえにも、おまえらにも、もう勝ち目はない。俺を後継に指名しろ。そうすれば、おまえも神城も、そこでくたばりかけている女も助けてやる。どうだ？」

「ふざけるな」

工藤は岳人を睨んだ。

「俺もおまえと同じだ。無駄な血を流したくはない。長引けば、そいつは助からないぞ」

岳人は亜香里を見やった。

工藤の眉間に苦悩が滲む。

「おまえと女は解放する。二度と追わない。神城が抜けるというなら、それも受けよう。悪い条件ではないと思うが？」

岳人が畳みかける。

工藤は逡巡しているふりをした。腕の間から状況を確認し、算段を巡らせる。

確かに、岳人の言う通り、このままでは自分たちに勝ち目はない。後に彼らが組織から追われるにしても、自分と亜香里、神城は間違いなく命を取られるだろう。

とはいえ、岳人の提案に乗るわけにもいかない。

彼らが口約束を守るとは思えない。

殺し屋の鉄則は、邪魔になる者は消せ、だからだ。

いずれ、工藤たちが組織を統括するのに邪魔だとなれば、前言などなかったことにして、平気で殺しに来る。

自分たちの利でしか動かないのが殺し屋の本性だ。

「待たせるな。おまえが決めれば、終わることだ。答えろ、工藤」

岳人が迫った。

工藤は腕を解いて、ぶらりと下げた。

「確かに、悪い条件じゃない。だが、おまえらが約束を守る保証はない」

「俺が信じられんか？」

「どう信じろというんだ」

工藤が睨む。

岳人はふうっと息をつき、髪を梳き上げた。

「なら、仕方がないな。その命、いただこう」

岳人が構え、工藤に迫ろうとした時だった。

表門で破壊音が轟いた。エンジン音と銃声が唸る。

三階フロアにいた者たち全員が、動きを止めた。

「しまった！」

岳人が口走った。

ワンボックスカーが突っ込んできた。ちらりと工藤の目に映った車影が一階フロアに消える。

寸時、静けさが漂う。

そして、次の瞬間、すさまじい爆発音が轟き、建物が揺らいだ。

7

平林らが乗ったワンボックスカーが建物の一階フロアに飛び込んだ途端、すさまじい爆発を起こした。

一階と二階の床が吹き飛んだ。その瓦礫と爆風が三階の床を突き上げた。

コンクリートが盛り上がり、あちこちにヒビが入る。

建物は大きく揺れた。爆煙がコンクリートを炙り、一帯が熱くなる。

下で銃の連射音が轟いた。対抗する銃声も激しく響く。平林らと神城グループの護衛との撃ち合いが始まった。

三階のフロアも一気に状況が変わった。

誰もが足を取られた。工藤はすぐさま片膝をついて床に手を置いた。振動が工藤の肌を震わせる。

攻めの体勢に入っていた岳人は立ったまま揺らいでいた。踵に重心が移り、不安定に揺れている。

その隙を逃さず、工藤は亜香里の脇まで転がり進んだ。

カレンの状況に目を向ける。高いヒールを履いていたカレンは大きくバランスを崩し、フロアの端まで後退していた。

工藤は亜香里の服に仕込んだナイフを抜いた。下手投げでカレンに放る。

カレンは飛んできたナイフの気配を感じた。が、一瞬遅れる。

背を反らし仰け反った。その時、引いた左脚の踵がフロアの端からずり落ちた。

工藤はすかさずもう一本のナイフを取り、投げた。

カレンはそのまま大きく反り返った。体が空中に放り出される。カレンはスワンのように美しい後方宙返りで宙に浮かんでいた。

平林らと撃ち合っていた神城グループの護衛の何人かがカレンに気づいた。銃を向ける。そして、一斉に連射した。

カレンの肩に銃弾が食い込んだ。パッと血が飛ぶ。その後、弾幕がカレンを襲った。

カレンの体が宙で回転した。

なすすべなく銃弾を浴びる。線香花火の火花が弾けるようにパッパッと血が飛び散る。

一つの銃弾がカレンの眉間に食い込んだ。

カレンが双眸を見開いた。頭部が弾ける。

カレンは、最後に大きな火花を放った線香花火の玉のように落下し、地面に叩きつけられた。

その肉体はたちまち炎に包まれた。

神城を襲っていた黒須と梶木も揺れに足を取られ、よろけていた。

神城はしゃがむと同時に、右脚を地面すれすれに水平に振った。黒須は気配を感じ、飛び上がった。

神城の足首が梶木のふくらはぎの下を払った。

梶木の巨体が浮き上がった。両脚が跳ね上がり、背中からフロアに落ちる。

神城は飛び上がり、前宙をした。宙で右脚を伸ばす。回転した脚が梶木の喉元に落ちた。

梶木は目を剝き、息を詰めた。

神城は起き上がり、梶木の両腕を挟んで馬乗りになった。親指と人差し指で梶木の喉笛を握る。

梶木がさらに目を剝いた。逃れようと暴れる。が、神城はロデオの馬に乗っているかのように抵抗を受け流し、喉仏を締め続けた。

梶木の目が血走る。神城は爪を立て、皮膚に指を食い込ませた。

その時、背後に殺気を感じた。梶木の腹部が跳ね上がった。

その反動を利用して、神城は前方に回転した。神城は立ち上がりざま反転した。

黒須が短刀を両手で握り、神城を真上から襲ってきていた。

神城がすんでのところで切っ先をかわす。倒れ込む黒須の短刀が梶木の胸元に突き刺さった。

梶木が呻いた。カッと目を見開く。口から血が溢れ出た。

黒須はかすかに動揺した。わずかだが、梶木の上で黒須の動きが止まる。

神城は飛び上がった。宙で膝を畳む。そして、思いきり伸ばした。

両脚の靴底が黒須の後頭部にめり込んだ。頸椎が折れ曲がる。黒須の動きが完全に止まる。

神城は黒須を梶木の上から蹴落とした。

梶木の胸元には、黒須の短刀が刺さったままになっていた。

神城は短刀を引き抜き、梶木の喉仏を刺した。梶木は再び口から血の泡を吐き出し、息絶えた。

仰向けに転がった黒須の脇に跪《ひざまず》く。黒須は黒目だけ動かし、神城を見やった。

神城はその目を見つめ、短刀の切っ先を喉仏に当てた。ゆっくりと押し込む。皮膚を裂き、肉を割った先端が喉の奥に沈む。

黒須の口からマグマのように血があふれる。

黒須の黒目が震えた。そして、静かに両眼から生気が消えた。

下の銃声も少なくなっていた。マシンガンを乱射する音が、一つ、また一つと消える。

そして、最後の掃射音が消え、瞬いていたマズルフラッシュもなくなり、静けさが戻った。

階下から火の爆《は》ぜる音が聞こえてくる。炎の勢いも収まり、闇を揺らす程度になっていた。

神城は顔を上げ、フロアの状況を今一度確認した。

大谷が姿を消していた。首を振って、捜すが、見当たらない。

「逃げたか」

追おうと立ち上がる。

その目に、体勢を立て直した岳人が工藤に迫ろうとしている姿を捉えた。

神城は立ち上がって駆けだした。短刀を岳人に向けて投げる。

岳人が足を止め、少しスウェーした。神城はその隙に間合いを詰め、左回し蹴りを放った。

岳人が後ろに飛び退く。

神城は岳人と工藤たちの間に立った。岳人を睨んだまま、背後に声をかける。

「工藤、大丈夫か」

「僕は大丈夫ですが、亜香里が――」

「その毒は、普通に解毒しても後遺症が残るぞ。カレンの毒は特別配合したものだからな」

岳人は構えを解き、三人を見据えた。

工藤は亜香里を寝かせ、ゆっくりと立ち上がった。

「解毒剤はどこにある」

「知りたければ、俺を倒せ、工藤」

岳人は工藤だけに目を向ける。

「大谷は逃げた。銃声も止んだ。おまえの仲間も殺られたのだろう。もう、おまえに勝ち目はないぞ」

「負けは、認めなければ、負けたことにはならない」

岳人は淡々と答える。

「いい加減にしろ、岳人」

神城がにじり寄ろうとする。

工藤は右腕を伸ばし、神城を止めた。

「神城さん。亜香里を主治医のところへ連れていってください」

岳人を見据えたまま言う。

「岳人は僕が始末します」

「工藤！」

「大丈夫。殺られはしません」

工藤の両眼に殺気が宿った。

かすかに浮かんでいた岳人の笑みが消える。

「行ってください」

工藤は神城を後ろに押した。

岳人の両指がかすかに動く。工藤は半歩右脚を出した。岳人は右脚を引いて、腕を垂らしたまま半身になった。

二人をすさまじい殺気が包む。

神城は下がった。亜香里を抱き上げ、肩に抱える。

工藤がじりじりと左に回り始めた。岳人も間合いを崩さず、左に回る。神城は工藤の後ろに隠れ、同じように左へ移動した。

工藤の殺気が壁となり、岳人は踏み込めない。

工藤と岳人の位置が入れ替わった。

神城は踵を返し、フロアの端に走った。階下へ向かう階段は、フロアと共に崩落していた。

端から下を覗く。先ほど飛び降りたマットがまだ残っていた。

「大谷もここから逃げたか──」

独りごち、亜香里を抱えて躊躇なく飛び降りる。

工藤を見据える岳人の視界から、神城と亜香里の姿が消えた。

フロアは二人の気配だけになる。さらに殺気のボルテージが上がった。

工藤も岳人も、自然体で半身を切ったまま動かない。息が詰まりそうなほどの緊張感がフロアに漂う。

工藤の感覚が研ぎ澄まされていく。周囲の音は聞こえないが、岳人の息づかいはヘッドホンで聴いているように大きく聞こえる。

周囲に倒れている双方の犠牲者も目に映らない。薄いグレーの空間の中に、岳人の姿だけが浮かんでいた。

集中度が増すほどに、呼吸する岳人のわずかな胸の蠢きや指先の揺れまでわかるようになった。

岳人も工藤の感覚が研ぎ澄まされていくのを感じていた。

そして、動けない。

睨み合う岳人の額に汗が滲む。これほどまでのプレッシャーを感じるのは初めてだった。

これが、工藤か……。

これまで対峙した者とはあきらかに違う〝何か〟を感じる。それは静かに迫り来る大津波のようだ。触れた途端、飲み込まれそうな畏怖に細胞レベルで震える。

とはいえ、このまま圧に飲み込まれては、先に進めない。

岳人は意を決した。軽く右手指を握った瞬間、右ハイキックを飛ばした。

工藤も同時に右ハイキックを放つ。

互いの左前腕がキックを受け止めた。脚を戻して、互いが距離を取る。

岳人は左腕を下げ、振った。骨の芯にまで衝撃が響き、筋肉が震えていた。

一方、工藤は左前腕を上げたままだった。衝撃は確かだった。が、痛みを感じていない。究極にまで、集中力が増している。

今度は、工藤が右ハイキックを放った。岳人は左前腕で受け、右に回った。多少、ダメージが軽減する。

その回転を利用し、右フックで工藤の顔面を狙う。

工藤は右脚を戻しながら、左脚一本でダッキングした。頭の上を岳人の右拳が過ぎる。

岳人は腰をひねり、屈んだ工藤の顔面を左膝で狙った。

工藤は右脚を上げ、靴底で岳人の膝を抑えた。岳人が膝を振り切る反動を利用し、後方に回転する。

岳人は工藤が起き上がるところを狙って、右爪先を蹴り出した。

工藤が顔を起こした時、爪先は眼前にまで迫っていた。

工藤は顎を引き、額で爪先を受け止めた。皮膚が裂け、血がしぶく。

岳人の伸びきった右脚が、工藤の額を支点にコンマ数秒止まる。工藤はその隙を逃さず、岳人の右足首を両手でつかんだ。

アキレス腱に両親指を突き入れて挟み、左右に裂く。ブツッと太い音がした。

岳人はたまらず右脚を引いた。地面に下ろす。痛みが走り、力が入らず、上体が大きく右に傾いた。

工藤は立ち上がりざま、左回し蹴りを放った。岳人は両腕をクロスし、顔面を防ごうとした。

と、工藤の左脚の膝から下が軌道を変えた。上に跳ね上がる。そして、踵が落ちてきた。しまった！

岳人は体勢を立て直そうとした。が、右脚に踏ん張る力はなかった。

工藤の踵が後頭部に落ちた。強烈なインパクトで神経が痺れた。

岳人は顔面からフロアに叩きつけられた。鼻頭が曲がり、前歯が折れる。口元からおびただしい血が四散した。

工藤は右拳を引き上げた。中指の第二関節を突き出す。その関節部を岳人の首の付け根に打ち下ろした。

関節が食い込んだ。うつぶせた岳人の目が見開く。全身の感覚が一瞬で失せた。

工藤は脚を岳人の胸元に差し入れ、仰向けに転がした。

岳人は工藤を見上げた。首から下は神経が切断され、動かない。

「すごいな、おまえ。何という格闘技を使った？」

「特定の名前はない。養成所で教えられた技だ。おまえもそうだろう？」

工藤は岳人を見下ろした。

「俺はほぼ我流だ。その違いかな」

「おまえも強い。一瞬でも気を抜けば、僕が殺られていた」

「光栄だな。新頭首に認められるのは」

岳人が笑みを覗かせた。

「工藤、一つ頼みがある」

「生きたいか？」

「冗談だろ。死ぬのはかまわない。殺しの依頼だ」

岳人が眼差しを向ける。

「俺と昌悟の両親を殺した殺し屋を捜し出して、始末してほしい。詳細は秘密アジトの俺の部屋のパソコンにデータを置いてあるからそれを見ろ。金とカレンの毒の解毒剤もそこにある」

「爆弾を仕掛けているんじゃないだろうな？」

「トラップはない。この期に及んで、おまえらを始末しても仕方ないだろう」

岳人が微笑む。

「まあ、好きにしろ。どのみち、俺たちの秘密アジトに行かない限り、解毒剤は手に入らない。行ってこいよ。場所は俺のスマホに入っている」

岳人は黒目を下に向けた。

「依頼したぞ。請け負え、レッドホークの名において」

岳人がまっすぐ工藤を見つめた。

すべてを悟った涼しげな目をしていた。

「本物の依頼なら、請けよう。頭首の名において」

「ありがとう。もう一つ、頼みがある」

「多いな。なんだ？」

工藤は笑みを漏らした。

「銃で止めを刺すのはやめてくれ。思い出したくないんだ。両親が殺された時のことを」

「なら、これでいいか？」

工藤は右拳を握り締めた。

「最高だ」

岳人が微笑む。

工藤は岳人の胸元を跨いだ。

岳人は目を閉じた。

工藤は右の拳を思いきり引き上げた。

「ゆっくり休め」

そう言い、引き上げた拳に全体重を乗せ、岳人の心臓を打ち抜いた。

8

港湾地区の死闘から二カ月が経っていた。

大谷は都内にいた。借り上げた倉庫を拠点にして、組織の追っ手から逃れつつ、レッドホークを持つ仁部の行方を捜していた。

まだ、頭首の夢は諦めていなかった。

後ろ盾はなく、残った部下は少数だが、レッドホークさえ手に入れれば、挽回のチャンスはある。

海外へ逃げてもよかったが、どこへ行っても追われ続けるなら、勝負に出た方がましだった。

とはいえ、日に日に心労は増している。

ハイバックチェアーに座っている大谷は、身なりは相変わらず小ぎれいながら、目の周りのクマは濃く、頬も幾分瘦けていた。

ふいにドアが開いた。

大谷は紫檀の机に置いた銃を取った。狙いを定める。

「おお、昌悟か！」

大谷の顔に笑みが浮かんだ。

姿を現わしたのは、徳丸昌悟だった。顔にはひどい火傷の痕が残り、右脚は動かなくなって杖をついているものの、肉体は回復しているようだった。

「どこにいたんだ？」

笑顔のまま話しかける。

昌悟は大谷を見据えたまま、杖をつき、机に歩み寄った。

「大谷さん、あんた、殺し屋だったんだってな？」

「誰から聞いた？」

「もう、みんな知ってるよ」

昌悟が睨む。

「大昔のことだ」

「その大昔のことで、一つ訊きたいんだが」

天板に左手を突いて、身を乗り出す。

大谷は少し退いた。

「徳丸祥平、徳丸しのぶ。この名前に覚えはないか？」

「誰だ、それ？」

大谷はキョトンとした。

昌悟の眼光に怒気が宿る。

「姓はおまえと同じだな。親戚か？」

「両親だ」

「そうか。すまんな、その名前は知らない。もちろん、おまえらの両親とは会ったこともない」

「会ったことがない？」

「当たり前だろう。なぜ、殺し屋の親に会わねばならん。そもそも、なぜ、私がおまえの親の話を聞かねばならんのだ？　今はそれどころではない。岳人は工藤らに殺された。おまえ、私の仲間にここを訊いて、訪ねてきたんだろう？　岳人の無念を共に晴らそう」

大谷が煽ろうとする。

「な、昌悟。こんなものだ」

開いたままのドアから、声が聞こえた。

大谷は銃を起こそうとした。その右腕を昌悟は左手でつかみ、天板に押しつけた。筋肉を握り絞る。大谷の手から銃が離れた。

昌悟は杖で右脇を支え、右手でこぼれた銃を取った。

上体を傾け、昌悟の後ろを見やる。

神城だった。銃口をまっすぐ大谷に向け、近づいてくる。

その後ろに、工藤と亜香里の姿もあった。さらにその後ろには、神城グループの者と思われるスーツ姿の男たちの姿が見える。

彼らに守られるように、仁部の姿も真ん中にあった。

大谷は神城を睨んだ。神城が片目で見返す。

「この倉庫の警護をしていたおまえの仲間は、全員始末した。外で仁部相談役を捜し回っている連中も、ほぼ捕らえ、処分した。もう、おまえを守る者はいない。どうする？」

「勝ったと思うか？」

大谷は足下のスイッチを踏んだ。カチッと音がする。

が、何も起こらない。

大谷の顔から笑みが消える。何度も何度もスイッチを踏むが、カチカチと音を立てるだけだった。

「これ?」

亜香里が机に白い塊を投げた。天板に転がる。プラスチック爆弾だった。

「全部、信管を外して回収したわ。残念ね」

亜香里が微笑む。

大谷はギリッと奥歯を噛んだ。

工藤が歩み出た。大谷を見据える。

「岳人から死に際に殺しの依頼を請けた。岳人と昌悟の両親を殺した殺し屋を始末して欲しいと」

工藤が告げる。

大谷は目を見開いた。

「まさか……私が?」

動揺しつつ、昌悟に目を向けた。

「待て! 本当におまえの両親の名前に覚えはない。知らん!」

「組織の総力を挙げて調べた結果だ。二十年前、日本の製薬会社で新薬を研究していた徳丸祥平は、海外の製薬会社からヘッドハンティングにあった。しかし、断わった。その競合他社は、徳丸祥平の研究内容を手に入れようとしたが、それも果たせず。そこで、研究のリーダーを務めていた徳丸祥平を殺すよう依頼した。その依頼を請けたのが、大谷、おまえだ」

「言いがかりもいいところ――」

大谷が言いかけると、仁部が警護の輪から出てきた。

「大谷さん。私が組織の相談役として検証した確かな結果です」

「君程度の能力で、検証できるとでも？」

小馬鹿にした笑みを覗かせる。

だが、仁部は動じない。静かに、憐れむような目を向ける。

大谷は渋面をつくった。

工藤が口を開いた。

「おまえにとってはただの〝仕事〟であっても、殺された者には家族がある」

「殺し屋に人情か？　くだらん」

「くだらんとは？」

昌悟が気色ばんだ。

大谷は昌悟を睨み上げた。

「私は覚えていないが、こいつらの調査通り、おまえの親を殺したかもしれん。だが、おまえらも同じことをしてきただろう？　いつまでも昔のことをぐじぐじ言ってないで、決めろ、昌悟！　こいつらを殺して天下を取るか、私怨で私を殺すか。決めろ！」

大谷が天板を叩いた。

昌悟は銃口を持ち上げた。大谷に向ける。大谷は昌悟を睨み続けた。が、かすかに目尻が引きつっているのがわかる。

「昌悟、やめろ」

工藤が言った。

昌悟は銃口を下げた。

大谷は小さくホッと息をついた。強ばった両肩から力が抜ける。

工藤が昌悟と入れ替わる。大谷を見下ろした。

大谷は丸腰の工藤を見て、微笑んだ。

「私を生かすか？　賢明な判断だ。いろいろあったが、復帰させてくれるなら、君のために粉骨砕身働こう」

大谷が言う。

「そういうことじゃない」

工藤が右手を出す。

仁部が歩み寄ってきた。手にはレッドホークを持っていた。それを工藤の右手に置く。

工藤は銃を握り、撃鉄を起こした。

「これは、僕が岳人から請けた仕事だ」

言うなり、銃口を起こした。

大谷は立ち上がろうとした。

銃声が轟く。

放たれた銃弾は、眉間を突き破り、頭蓋骨を砕き飛ばした。背もたれにおびただしい血と脳みそが飛び散る。

浮いた大谷の尻がゆっくりと座面に落ち、椅子が揺れた。

工藤は仁部にレッドホークを渡した。仁部はホルスターにレッドホークを収めた。

工藤は昌悟を見やった。

「昌悟、どうする？　徳丸グループの禊ぎは、岳人とカレンの死で終わった。大谷も始末した。組織に戻りたいというなら、考えてやってもいいぞ」

「オレは、親の敵が取れたことを兄貴に報告しなきゃいけねえから」

昌悟はにやりとし、持っていた銃を口に突っ込んだ。止める間もなく、引き金を引く。

後頭部から鮮血がしぶいた。
昌悟は両膝から落ち、銃を咥えたまま、前のめりになって突っ伏した。
その場にいる誰もが、凄惨な光景を静かに見つめた。

エピローグ

工藤は亜香里と共に九州の大分県へ来ていた。豊後水道に面した漁村で、水産加工の仕事をしている。

作業場のベルが鳴った。機械が止まる。

「みなさん、おつかれさん！」

作業長が声をかける。

亜香里は手袋を外しながら、ロッカールームへ向かった。

「おつかれ、工藤さん。あんた、ようがんばるなあ」

壮年の女性が声をかけてくる。同じ作業をしている作業長の奥さんだ。入社以来、何かと声をかけてくれていた。

「仕事ですから」

亜香里が謙遜する。

「いやいや、今どきの若い子らはこんなに働かんで。魚を捌くのはよだきいけんな」

「よだきい？」

亜香里が訊く。

と、横で着替えていた中年女性が言った。

「大分弁で、めんどくさいとか疲れるとかいう意味よ。ちょー、佐藤さん。よそんしによだきいとかわかるわけねえやろ」

「しゃーしいな」

壮年女性が言い返して笑う。

「よそんし……？　しゃーしい？」

「ああ、よそんしはよその人。しゃーしいはうるさいという意味。もう、佐藤さんが方言ばかりやけん、工藤さんが困っちょるやんか」

「あんたも方言出ちょるで」

二人の女性が大声で話しながら笑う。

亜香里は話を聞いて微笑み、着替えを済ませた。

「じゃあ、お先に失礼します」

「また明日ね」

女性たちが亜香里を見送った。

亜香里は社屋を出て、右手にある駐車場に行った。青い軽自動車が停まっている。運転席には工藤がいた。

亜香里は工藤に手を振り、駆け寄って、助手席に乗り込んだ。

「お疲れさん。どうだった？」

「うん、今日も楽しかった」

亜香里がシートベルトをかける。

「そうか。よかった」

工藤は微笑み、車を発進させた。

海沿いの道をゆっくりと走る。

「ねえ、雅彦さん。よだきいとか、しゃーしいって、どういう意味か知ってる？」

「よだきいは疲れたとか面倒。しゃーしいはうるさいって意味だろ？」

「なんだ、知ってたのかあ」

「そりゃあ、僕は配達兼営業だからね。取引先で何度も方言を聞かされるから、覚えてしまったよ」

「知ってたなら、教えてくれたらよかったのに」

「訊けば教えてあげたよ」

「もう！」

亜香里が工藤の二の腕を叩く。車が少し蛇行した。

「こらこら、運転中はやめろ」

工藤は苦笑した。

大谷を処分して、三カ月が過ぎた。

工藤は一カ月だけ、組織の指揮を執った。その間に新しい相談役を選任し、仁部を中心とした合議制の組織の基礎を作った。神城も相談役として籍を置いている。

工藤は仁部たちに運営を任せ、組織を離れた。

しかし、頭首はいまだに工藤だ。

本当は完全に権限を譲渡し離れてしまうか、組織自体を解体したかった。

だが、組織を解散すれば、新たな組織が起ち上がり、個々の殺し屋がコントロール不能になる可能性がある。それは無法地帯を作るに等しい。

また、組織内部でトラブルが起こった時、絶対的な発言力を持った者が必要だ。

工藤は仁部と神城に説得され、その役目を引き受けた。

代わりに、工藤には行動の自由と運転免許証が与えられた。よほどの事態が起こらない限り、工藤の出番はない。

レッドホークは、頭首の名代として、神城がしかるべき場所に保管している。

もう一つ、大きな出来事がある。

組織の体制を整えた後、亜香里と入籍した。亜香里の姓は、川瀬から工藤となった。

これからは、自分たちが得られなかった平凡だけど幸せな家庭を築いていきたい。

工藤も亜香里も、それだけを願っていた。

「そういえば、今日、取引先の人から教えてもらったんだけどさ。ここから十分ほど行ったところに、塩湯ってところがあるんだって。そこで海鮮丼も食べられるらしい。行ってみるか？」

「やった！　雅彦さんのおごりね」

「いいけど、家計に直結するぞ」

「あー、じゃあ、私が出す！」

亜香里はバッグから財布を出し、中身を確認した。

「海老とか鮑はなしね」

「海老は食べたいな」

「値段次第。とりあえず、お風呂に入りたい」

この作品は二〇一八年九月号から二〇一九年十一月号まで「読楽」に連載されたものに、加筆・修正したオリジナル文庫です。

なお、本作品はフィクションであり実在の個人・団体などとは一切関係がありません。

徳間文庫

紅《あか》の掟《おきて》

2020年2月15日 初刷

著者 矢《や》月《づき》秀《しゅう》作《さく》

発行者 平野健一

発行所 株式会社徳間書店
東京都品川区上大崎三-一-一
目黒セントラルスクエア
〒141-8202
電話 編集〇三(五四〇三)四三四九
販売〇四九(二九三)五五二一
振替 〇〇一四〇-〇-四四三九二

印刷
製本 大日本印刷株式会社

ISBN978-4-19-894538-1 (乱丁、落丁本はお取りかえいたします)